munda

Das Buch
Das Team um Nick Baumgarten, mittlerweile ergänzt durch Pino Beltrametti, ist mit dem gewaltsamen Tod eines Professors konfrontiert. Die Ermittler kämpfen wie üblich an verschiedenen Fronten: auf dem Campus der Fachhochschule Brugg-Windisch ist es das Dickicht aus Intrigen, Rivalitäten und einer Liebesgeschichte, das ihnen zu schaffen macht; intern zerpflückt Staatsanwältin Cécile Dumont die Theorien der Polizei und verlangt stichhaltige Beweise, und in der Lokalpresse spuckt der eifersüchtige Journalist Steff Schwager Gift und Galle. Da ist es von Vorteil, dass Nick Baumgarten wenigstens in seinem Privatleben das Glück gefunden hat.

Die Autorin
Ursula Reist wurde 1954 im Emmental geboren. Sie studierte Anglistik in Zürich und war viele Jahre als Personalleiterin für internationale Konzerne tätig, zum Teil in London und Osteuropa. 1997 kehrte sie in die Schweiz zurück und arbeitete unter anderem im Finanz- und im Bildungsdepartement des Kantons Aargau. Seit 2006 ist sie freischaffende Autorin. Sie ist verheiratet und lebt in Küttigen, Aargau.

Ursula Reist

Böckels Mysterium

Nick Baumgartens vierter Fall

munda

Personen und Geschichte dieses Romans sind frei erfunden. Die im Text erwähnten Aargauer Institutionen haben keinerlei Bezug zu Ereignissen, wie sie hier geschildert werden.

Von Ursula Reist sind bisher im munda-Verlag die folgenden Aargauer Kriminalromane erschienen:

Peeling und Poker
Nick Baumgartens erster Fall

Deine Steuern sollst du zahlen
Nick Baumgartens zweiter Fall

Schreib und stirb
Nick Baumgartens dritter Fall

Veröffentlichung durch den
munda-Verlag, 5200 Brugg, Schweiz
(www.munda.ch)

Herstellung durch
Sowa Druk GmbH, 01-209 Warszawa, Polen
(www.sowadruk.pl)

© 2014 Ursula Reist

ISBN 978-3-905993-16-5

Für Dominique und Aleš

1

„Unsere Gesellschaft zeigt immer weniger Toleranz gegenüber abweichendem Verhalten, insbesondere wenn es um Personen mit Migrationshintergrund geht. Zwar reisen die Schweizerinnen und Schweizer sehr gerne in Länder mit anderen Kulturen und bewundern dort die 'türkische Gastfreundschaft' oder die 'lockere italienische Lebensart', aber wehe, die türkische Nachbarsfamilie im Wohnblock in Rombach hat ständig lauten Besuch, oder die Lieferfrist des italienischen Designsofas verzögert sich. Dann nämlich kommt die von Ferne bewunderte alternative Lebensart plötzlich ganz nah, betrifft das eigene Leben und verlangt nach echter Toleranz. Und hier, meine Damen und Herren, rufen Herr und Frau Schweizer lieber gleich den Mieterverband oder die Rechtsschutzversicherung an, statt sich zuerst mit Herrn Yilmaz oder Signora Magnani zu unterhalten, den eigenen Standpunkt darzulegen und sich möglicherweise auf einen Kompromiss zu einigen. Der Ruf erklingt nach Vorschriften, Verordnungen und Gesetzen, und unsere Parlamentsmitglieder sind nur zu gerne bereit, hier zu Diensten zu sein. Das führt dann dazu, dass wir in unserem Beruf nicht mehr nur die wirklich schwerwiegenden Verbrechen verfolgen, sondern uns sehr oft mit Bagatellfällen herumschlagen müssen. Mehr Polizisten und mehr Richter sollen dafür sorgen, dass alles seinen gewohnten Gang geht. Die Verantwortung für ein reibungsloses Leben wird an den Staat delegiert, und das scheint niemanden zu stören. Ich hingegen plädiere dafür, dass jede und jeder von uns die Konsequenzen seiner Handlungen abschätzt und dazu steht, wenn etwas schief läuft. Mit dem eigenen Beispiel vorangehen ist die einzige Möglichkeit, meine Damen und Herren, etwas zu verändern. Kleine Taten sind viel effektiver als grosse Worte."

Der pensionierte Polizeikommandant deutete eine Verbeugung an und trat vom Rednerpult zurück. Als der Applaus abflaute, stand Regierungsrat Bertschinger von seinem Sitz in der ersten Reihe auf und wandte sich an den Redner und die Kadermitarbeiter seines Departements. „Danke, Martin. Dein Vortrag war inspirierend, um ein grosses Wort zu gebrauchen. Es sollen nun Taten folgen: vor dem Apéro haben wir eine Stunde Zeit, um zu joggen, zu schwimmen, Gewichte zu stemmen oder auf eine andere Weise aktiv zu sein. Bewegen Sie Ihren Körper und verbrennen Sie ein paar der vielen Kalorien, die Sie sich später zuführen werden. Viel Spass."

Nick Baumgarten und seine Sitznachbarin schauten sich vielsagend an. Befohlener Sport? Cécile Dumont schüttelte ganz leicht den Kopf und flüsterte: „Für einen Spaziergang bin ich zu haben, aber ohne erhöhten Puls."

Die rund fünfzig Personen verliessen ohne Eile den Seminarraum und es schien, als habe der Appell ihres Chefs bei vielen nur mässige Begeisterung ausgelöst. Musste man sich neuerdings als ausdauernde Joggerin beweisen, wenn man im Departement Volkswirtschaft und Inneres Karriere machen wollte? Dass Bertschinger selbst ein Langstreckenläufer war, mochte ihm zu Energie und Ruhe verhelfen, wie er gerne betonte; dass er so direkt dazu aufforderte, es ihm gleichzutun, lag wohl an der Hasliberger Luft und an der Tatsache, dass die Anwesenden im Kongresshotel gleichsam gefangen und ausgeliefert waren.

Cécile Dumont, klein, rund und mittlerweile leitende Staatsanwältin im Bezirk Aarau, holte ein silbernes Zigarettenetui aus ihrer Jackentasche. „Ich gehe jetzt erst mal eine rauchen, und zwar direkt vor dem Hoteleingang, sodass mich all die Spitzensportler sehen. Kommst du mit?"

Nick Baumgarten, nicht mehr ganz schlank und immer noch stellvertretender Chef der Kriminalpolizei, nickte. „Und dann drehen wir eine kurze Runde, in Ordnung?" Er war seit über zwanzig Jahren Nichtraucher, gesellte sich aber gern zu den Grüppchen, die sich vor Bürohäusern, Restaurants und Fabrikhallen zusammenfanden.

Allerdings wäre er jetzt lieber in sein Auto gestiegen und nach Hause gefahren. Er schlief ungern in fremden Betten, und ein opulentes Nachtessen, so wie es angekündigt war, kochte er lieber selbst, zusammen mit Marina. Die jährliche Kadertagung bot zwar Gelegenheit, neue Leute im Departement kennenzulernen, gewisse Dinge informell zu klären und alte Bekanntschaften zu pflegen, aber im Grunde waren ihm Smalltalk und Geplänkel Pflicht. Er war beileibe kein Einzelgänger, und doch fühlte er sich im kleinen Kreis am wohlsten. In einem Führungstraining vor ein paar Jahren brachte es ein Persönlichkeitstest an den Tag: er war eindeutig introvertiert, hatte aber im Verlauf seines Berufslebens gelernt, sich zu öffnen und auf die Leute zuzugehen. Michael Lewinski, der Polizeipsychologe, hatte ihm den Unterschied zwischen Introversion und Extraversion so erklärt: ' Du musst dir nur überlegen, in welcher Umgebung du dein Energiereservoir füllst. Allein, mit Musik oder einem Buch, mit deiner Partnerin oder mit wenigen guten Freunden – dann tendierst du zur Introversion. Wenn du am liebsten grosse Feiern hast, mit Gruppen in die Ferien fährst und dich nach einer rauschenden Party voll Energie fühlst, bist du wahrscheinlich eher extravertiert. Diese Grundstruktur kannst du nicht ändern; du kannst nur lernen, dein Verhalten der Situation anzupassen.'

Nick nahm sich vor, den heutigen Abend entspannt und locker anzugehen und ihn wenn möglich zu geniessen. Er musste bleiben, also würde er sein Verhalten anpassen und sich der Geselligkeit hingeben.

2

Angela Kaufmann lief zügig mitten über die Aarebrücke bei Rupperswil. Am frühen Sonntagmorgen war praktisch niemand unterwegs, und sie musste nur einem Radfahrer ausweichen, der ihr tief über seinen Lenker gebeugt entgegen kam. Auf der anderen Seite des Flusses, über dem einzelne Nebelschwaden hingen, wandte sie sich nach links Richtung Biberstein, wo sie die Aare wieder überqueren würde, um zurück nach Rohr zu laufen. Sie atmete ruhig und gleichmässig, hörte den Vögeln zu, die sich jetzt ihre Partner suchten und Nester bauten, und liess ihre Gedanken schweifen. Ein Nest bauen, wäre es für sie nicht auch Zeit dafür? Mitte dreissig, da fing die biologische Uhr langsam an lauter zu ticken. Aber dafür brauchte sie einen verlässlichen Partner, und der war schwer zu finden. Ihre Versuche, übers Internet Kontakte zu knüpfen, waren in den letzten Monaten nur mässig erfolgreich gewesen; zwar hatte sie interessante Männer kennengelernt, aber nie war wirklich etwas daraus entstanden. Es war nicht nur ihre Arbeit bei der Polizei, die sie sehr kritisch und manchmal misstrauisch sein liess; der Funke war auch einfach nie übergesprungen bei einem ersten oder zweiten Date, nicht einmal für eine Nacht. Sie schüttelte den Kopf und begann zu sprinten. Loslassen, sagte sie sich, irgendwann taucht jemand auf, mit dem ich mein Leben teilen und vielleicht sogar Kinder haben kann.

Ihr Smartphone meldete sich, sie hatte Bereitschaftsdienst. „Kaufmann?" Sie drosselte ihr Tempo. „Auf dem Campus-Areal in Windisch? Und wo genau? – Ist gut, ich komme, aber ich brauche noch mindestens zwanzig Minuten, bis ich vom Joggen wieder zu Hause bin. Kannst du Beltrametti bitten, mich abzuholen? – Was heisst nicht erreichbar? – Gut, ich fahre allein und versuche ihn anzurufen. Und du schickst mir das Foto bitte so rasch wie möglich. Ciao, danke."

Jetzt war Tempo gefragt, und das langjährige und regelmässige Training zahlte sich aus. In siebzehn Minuten war Angela zu Hause, gönnte sich eine kurze Dusche und zog sich an: Jeans, T-Shirt, Lederjacke und Stiefel waren ihre persönliche Uniform. Sie holte ihren silberfarbenen Golf aus der Garage und machte sich auf Richtung Osten, immer schön innerhalb der Geschwindigkeitsbegrenzung. Der Tote, der zuoberst am Landi-Turm hinter dem Bahnhof Brugg hing, konnte auch noch ein paar Minuten länger warten.

3

„Pino, wo steckst du?" Angela schloss ihren Wagen ab. „Was, in Davos? Warum? – Ist ja gut, geht mich nichts an. Ich stehe hier nur ganz allein an einem möglichen Tatort und hätte gerne ein zweites Paar Augen. – Ja, gute Idee. Ich mache so viele Fotos wie möglich aus verschiedenen Perspektiven. – Nein, nicht nötig, Nick sollte spätestens morgen früh zurück sein vom Berner Oberland. Ciao."

Kollege Beltrametti war einer, der seine freien Tage so oft wie möglich weit weg von Aarau verbrachte, um genau in solchen Fällen nicht der Versuchung zu erliegen, zur Arbeit zu kommen. Angela konnte das nachvollziehen, schliesslich war Pino schon lange bei der Polizei und hatte gelernt, sich abzugrenzen. Trotzdem arbeitete sie lieber nicht allein, insbesondere bei der Besichtigung eines Tatorts.

Zwei uniformierte Kollegen wiesen ihr den Weg. Da der Lift möglicherweise vom Opfer und – falls es einen gab – vom Täter benutzt worden war, stieg sie zu Fuss in den siebten Stock, dann über eine Leiter durch die Dachluke auf das mit Teer bedeckte Flachdach. Zwei weitere Kollegen standen links und rechts von einem gespannten Seil, das an einem Kamin befestigt war und hinter der etwa fünfzig Zentimeter hohen Brüstung verschwand. Angela beugte sich vorsichtig darüber und schluckte, als sie nach unten sah. Das Seil endete in einem Henkersknoten, der im Nacken eines Mannes mit kurz geschnittenem schwarzem Haar sass. Mehr war aus der senkrechten Perspektive nicht zu sehen.

„Kriminaltechnik und Rechtsmedizin sind informiert", sagte einer der Beamten, „sie müssten in einer Viertelstunde hier sein."

„Gut, dann wartet jemand bitte hier und ruft mich an, sobald sie kommen. Ich schaue mich etwas um, vielleicht fällt mir von unten etwas auf."

„Oder von gegenüber", sagte der eine, „ich habe den Hauswart der Fachhochschule aus dem Bett geholt, und er kann Sie aufs Dach oder in die Büros führen. Von dort sehen Sie vermutlich mehr."

Angela schaute aufs Namensschild des Kollegen. „Ausgezeichnet, Pedroni, das war eine clevere Idee. Wollen Sie mitkommen?"

Der junge Polizist nahm eine straffere Haltung an und schaute seinen Vorgesetzten an. Der nickte und entliess ihn mit einer Handbewegung. „In Ordnung, Kevin."

„Ich schicke ihn wieder zurück, Markus, keine Angst!" Angela kannte den Gruppenleiter vom Kommando Nord gut. „Du schaffst das hier allein, bis die Kavallerie aus Aarau vorfährt. Und Sie, Kollege, holen bitte aus Ihrem Streifenwagen einen Feldstecher."

„Gemeldet hat die Sache übrigens ein Zugpassagier", rief Pedroni, der zwei oder drei Treppenstufen auf einmal nahm und in kürzester Zeit im Parterre war, während Angela mit ihren etwas kürzeren Beinen noch zwischen erster und zweiter Etage steckte. „Er beobachtete bei der Einfahrt von Baden, dass dort etwas hing und ging näher hin. Er rief uns gleich an und blieb, bis wir ankamen. Wir haben ihn nach Hause geschickt; er scheint unverdächtig, ist aber jederzeit bereit, mit Ihnen zu reden."

Der Hauswart der Fachhochschule führte Angela und den Kollegen auf das begrünte Dach des neuen Hauptgebäudes. Er bat sie um grösste Vorsicht – „Es gibt kein Geländer, und Sie wollen nicht enden wie der da drüben, oder?" – und hielt sich selbst weit vom Rand zurück.

Mit dem Fernglas konnte man erkennen, dass das Gesicht des Mannes aufgequollen war und die Augen beinahe aus den Höhlen traten. Kein Genickbruch, dachte Angela, ein langsamer Tod. Der Tote trug einen dunkelgrauen Anzug, kombiniert mit einem weissen Hemd, ohne Krawatte. Er war barfuss.

„Habt ihr Schuhe gefunden?" fragte Angela.

„Bisher nicht, aber wir haben auch nicht danach gesucht. Auf dem Dach sind sie jedenfalls nicht, sie wären mir aufgefallen", antwortete Pedroni und wies nach drüben. „Ich glaube, die Techniker sind eingetroffen."

„Gut, ich mache hier noch ein paar Fotos, aber viel sieht man nicht, es ist zu weit weg. Gehen Sie und helfen Sie den Technikern, den Boden direkt unter der Leiche abzusuchen. Die Schuhe sind vielleicht wichtig."

Angela wandte sich an den Hauswart. „Welche Räume haben Fenster zum Landi-Hochhaus?"

„Zuoberst sind Wohnungen, in den zwei Geschossen darunter sind die Büros des Kaders und der Professoren. Ich müsste allerdings anrufen, bevor ich die Räume aufschliesse."

Angela überlegte einen Moment und schüttelte den Kopf. „Wir warten bis morgen. Dann herrscht hier ja vermutlich wieder Normalbetrieb und die Büros sind besetzt. Vielen Dank."

* * *

Zurück auf dem Landi-Dach begrüsste sie Urs Meierhans, den Chef der technischen Abteilung, der sich bereits umgesehen hatte und die Diktierfunktion seines Handys benutzte. Ein unbekannter Mann beugte sich über die Brüstung und inspizierte den Toten.

„Das ist Colin MacAdam, Rechtsmedizin des Kantonsspitals Aarau. Angela Kaufmann, Mitarbeiterin im Team von Nick Baumgarten." Meierhans machte es kurz, er war nie sehr gesprächig. „Wir werden zukünftig zusammenarbeiten und uns über die kurzen Wege freuen:

vom Polizeikommando zum KSA sind es höchstens noch zwei statt hundert Kilometer." Bisher hatte die Rechtsmedizin in Bern die Untersuchungen gemacht, aber seit ein paar Monaten gab es eine Abteilung in Aarau.

Colin MacAdam schüttelte Angelas Hand und lächelte. „Sehr erfreut", sagte er und deutete eine kleine Verbeugung an. „Ich werde Sie unterstützen so gut es geht."

Gut erzogen, dachte Angela und liess ihren Blick von oben nach unten gleiten. Der Arzt war ungefähr vierzig, mit rotblonden Haaren und beginnender Glatze, etwas kleiner als sie. Seine Stimme war tief und nicht sehr laut, seine Augen ein blasses Blau.

Er räusperte sich. „Wollen wir den Leichnam jetzt aufs Dach ziehen, Herr Meierhans, dann kann ich mit meiner Arbeit beginnen."

Die Männer beugten sich wieder über die Brüstung und zogen langsam und sorgfältig am Seil. Es dauerte einige Minuten, bis die Leiche auf der vorbereiteten Plastikplane lag. Angela und Urs griffen in die Taschen, fanden aber nur ein paar Münzen und einen Bund mit ein paar Schlüsseln. Keine Brieftasche, keinen Hinweis auf die Identität. Währenddessen machte MacAdam ein paar Fotos und begann seine Untersuchungen. Er gab laufend seinen Kommentar ab: „Männlich, etwa fünfzig Jahre alt, weiss, übergewichtig, unsportliche Statur. Er ist seit acht bis zwölf Stunden tot. Todesursache ist vermutlich Ersticken durch dieses Seil hier, was ich aus der Schwellung des Gesichts und den hervortretenden Augäpfeln interpretiere. Jedenfalls ist sein Genick nicht gebrochen. An allen Extremitäten sind tiefe Schürfwunden und blaue Flecken zu sehen. Er wehrte sich; die Handgelenke sind aber hinter dem Rücken gefesselt worden, vermutlich nach einem Kampf. Es kann gut sein, dass die Angreifer zu zweit waren." Der Arzt stand aus der Hocke auf und wandte sich an Angela. „Das sind meine Erkenntnisse für den Moment. Meine Mitarbeiter holen ihn ab, sobald Sie hier fertig sind, und wir können morgen die ersten Resultate besprechen. Ich rufe Sie an, Frau Kaufmann. Haben Sie eine Karte? – Danke. – Ach ja, der Anzug ist billig und von der Stange, das Hemd hat zu lange Ärmel und löst sich an den Manschetten auf. Ich schätze, dass auch die Schuhe Billigware sind, wenn Sie sie überhaupt finden. Er scheint keinen Wert auf seine äussere Erscheinung gelegt zu haben."

„Oder er hatte kein Geld dafür", sagte Angela, leicht irritiert. Jeans, Hemd und Wildlederjacke von MacAdam waren sichtlich teuer und von guter Qualität.

„Ja, natürlich", lächelte dieser entwaffnend, „man kann sich jedoch auch ohne viel Geld besser anziehen als dieser Mann hier." Er nahm seinen Instrumentenkoffer, winkte und verschwand im Treppenhaus.

Urs Meierhans grinste. „Halb Engländer, halb Schweizer, aus gutem Haus, und das merkt man. Ich muss dir allerdings sagen, dass niemand an seiner Professionalität und Brillanz zweifelt, und wir können sicher von ihm lernen. Vielleicht wird er mit der Zeit etwas lockerer, wer weiss. Ich bin im Prinzip fertig hier, wollen wir gehen?"

In diesem Moment kam Pedroni aus dem Treppenhaus gerannt, etwas ausser Atem. In der einen Hand hielt er ein paar staubige Schuhe, und in der anderen eine Brieftasche. „Notdürftig verscharrt unter einem Haufen Bauschutt", erklärte er, „aber es muss schnell gegangen sein, der eine Schuh war nicht ganz zugedeckt."

4

Die Füsse von Marina Manz weichten sich in warmem Seifenwasser langsam auf, und die Fingernägel waren frisch lackiert. Leise lief Musik von Eric Clapton; einer der alten Bascombe-Romane von Richard Ford lag neben ihr auf dem Sofa. Es fühlte sich ein bisschen an wie früher, als sie alleine gewohnt hatte: ein gemütlicher Sonntagnachmittag, ohne Verpflichtungen, ruhig, erholsam. Und trotzdem niemals so entspannt wie heute, denn als Unternehmerin waren Aufgaben und Probleme immer präsent gewesen, zumindest im Hintergrund. Sie hatte das Kosmetikinstitut Marina im letzten Jahr an ihre langjährige Mitarbeiterin Nicole Scherer verkauft, und es schien, dass die Kundinnen und Kunden der Firma die Treue gehalten hatten. Marina stand als Springerin und Stellvertreterin zur Verfügung, ungefähr zwei Mal im Monat bat Nicole sie um Unterstützung. Im kommenden Sommer wollte Marina eine Weiterbildung für Maskenbildnerinnen besuchen, um am Schönheitsbusiness dranzubleiben. Aber vor allem trug auch die private Seite ihres Lebens zur Entspannung bei, obwohl sie es nicht in diesem Mass erwartet hätte. Seit sie mit Nick Baumgarten verheiratet war und mit ihm in seinem Haus an der Fröhlichstrasse lebte, war sie zufriedener als je zuvor in ihrem Leben. Stabilität war wohl doch ein nicht zu unterschätzender Glücksfaktor, auch wenn das ungestüme Kind in ihr manchmal Ausbruchsfantasien hegte. Es gab keinen Grund, sich auf und davon zu machen, es war nur das alte Prinzip der Freiheit, das in der Theorie so attraktiv war. Erstaunlich, was man mit gut fünfzig noch alles lernen kann, dachte sie, und begann mit der Fusspflege. Sie hatte eine interessierte Zuschauerin: eine kleine schwarzweisse Katze, die vor einer Woche im

Garten aufgetaucht war, mager und kläglich miauend. Sie hatte ihr ein Stück Poulet kleingeschnitten und auf einem Unterteller serviert, und seither war das Tierchen in ihrer Nähe geblieben. Niemand hatte sich bisher auf den Aushang 'Katze zugelaufen' gemeldet, und auch bei der Tierfundstelle konnte man ihr nicht weiterhelfen. Am Montag wollte sie eine Transportkiste kaufen und mit der Katze zum Tierarzt fahren, vielleicht fand er ja einen Identitäts-Chip. Hoffentlich nicht.

Als das Telefon klingelte, schaute sie erwartungsvoll auf das Display und wurde enttäuscht. Angela Kaufmann, Geschäftliches also. „Hallo Angela. Dein Anruf bedeutet, dass du auch am Sonntag nicht zur Ruhe kommst, richtig? – Nein, ich habe nichts gehört bisher. Er sollte später am Abend zurück sein. – Wahrscheinlich müssen alle ihr Handy ausschalten, das gehört sich so in einem Führungsseminar, nicht wahr. Ist etwas passiert? – Das klingt nicht gut. Er wird sicher sofort zurückrufen, wenn er kann, du kennst ihn ja. – Schon gut, ich richte mich auf ein einsames Abendessen ein, kein Problem. Ciao Angela."

Marina cremte ihre Füsse dick ein und zog Baumwollsocken darüber. Ein Nachtessen aus den Resten von gestern, dachte sie, aber nicht ohne ein Glas Wein, wenn ich schon alleine essen muss. Welcher Wein passt wohl am besten zu aufgewärmtem Gemüsegratin?

5

„Horst Michael Böckel, Jahrgang 1971, ledig, wohnte in Küssaburg, Baden-Württemberg, auf der anderen Rheinseite von Bad Zurzach, arbeitete als Dozent an der Fachhochschule in Brugg-Windisch, Institut Robotik." Es war kurz vor neun Uhr am Sonntagabend, das ganze Team war im Sitzungszimmer versammelt. Gody Kyburz, Chef der Aargauer Kriminalpolizei, und Nick Baumgarten, sein Stellvertreter, waren vor zehn Minuten aus dem Berner Oberland eingetroffen. Pino Beltrametti hatte sich nach dem Anruf von Angela entschlossen, auf Umwegen über verschiedene Pässe nach Aarau zu fahren – er und sein alter Lancia Delta wollten ihren freien Sonntag nicht einfach so hergeben, aber Angela brauchte Unterstützung. Urs Meierhans, Beltramettis Nachfolger als Leiter der Kriminaltechnik, war zum Nachtessen mit Frau und Kindern heimgefahren und nach zwei Stunden wieder in seinem Labor aufgetaucht.

Angela Kaufmann wies auf das Whiteboard, wo die Fakten gesammelt waren. „Er wohnte im einen Teil seines Elternhauses, sein Bruder mit Familie im anderen. Die Waldshuter Kollegen suchen den Bruder noch, aber die Kinder haben Osterferien, die Familie scheint ausgeflogen zu sein. Morgen früh geht die Suche weiter. Der neue Rechtsmediziner vermutet, Böckel sei entweder durch einen Schlag oder auf andere Weise betäubt oder überwältigt und dann aufgehängt worden. Er ist vermutlich langsam und qualvoll erstickt, aber das ist meine unwissenschaftliche Interpretation seines Gesichtsausdrucks." Angela wies auf das entsprechende Foto, und Pino kam näher, um es sich genauer anzusehen. Er schüttelte den Kopf.

„Ziemlich übel", murmelte er. „Aber das kann nicht einer allein gewesen sein, bei dem Übergewicht." Er setzte sich wieder.

Angela nickte. „Das sagt Colin MacAdam auch. Er wird bei der Obduktion versuchen, die blauen Flecken und Blutergüsse genau zu analysieren. Morgen gegen Mittag müssten wir die ersten Resultate haben, auch was Alkohol oder Drogen angeht." Sie nahm einen Schluck Kaffee und versuchte erfolglos, ihr Gähnen zu unterdrücken. „Entschuldigung. Seinen Wagen haben wir vor der Kantonalbank beim Bahnhof Brugg gefunden, man kann dort von Samstag siebzehn Uhr bis Montag um sechs gratis parkieren. Wir wissen bisher nicht, wann er dort abgestellt wurde."

Urs Meierhans meldete sich. „Der Audi sieht auf den ersten Blick nicht danach aus, dass er mit der Tat in Verbindung steht, aber wir werden ihn morgen genauer untersuchen. Auf dem Landi-Dach haben wir nichts gefunden, das uns weiterhelfen könnte, es war alles trocken und wenig staubig, deshalb auch keine Abdrücke von Schuhen. Apropos Schuhe: die von Böckel waren interessanterweise zusammen mit der Brieftasche unter einem Haufen Bauschutt verscharrt, und sie könnten uns vielleicht einen Hinweis geben: im Gegensatz zum Rest seiner Kleidung sehen sie teuer aus und sind in gutem Zustand." Er räusperte sich und zwinkerte Angela zu. „Die Frage, woher sie kommen, kann vielleicht MacAdam beantworten, er scheint Experte zu sein auf diesem Gebiet." Er nahm ein kurzes Seilstück vom Tisch und hielt es hoch. „Das Seil ist ein Hanfseil wie dieses hier, etwa einen Zentimeter dick, etwas mehr als acht Meter lang, auch Kälberstrick genannt. Es ist an verschiedenen Stellen ziemlich abgenutzt, kann also kaum für den Zweck gekauft worden sein. Es wurde zweimal um den Kamin gelegt und mit einem einfachen Samariterknoten befestigt. Wenn wir den oder die Täter finden, haben sie wahrscheinlich Seilreste an ihren Kleidern, aber das wissen sie vermutlich selber. Das sind meine vorläufigen Ergebnisse, morgen gibts noch mehr dazu."

Nick Baumgarten stand auf und streckte sich. „Und natürlich hat niemand etwas gesehen oder gehört. Wen habt ihr schon befragt, Angela?"

„Man sieht nur vom Campusgebäude aufs Dach, und da war vermutlich in der Nacht auf Sonntag keiner. Das Bahnpersonal, das um diese Zeit Dienst hatte, konnten wir noch nicht befragen, und sonst war am Samstag nicht viel los. Wir müssten vermutlich einen Aufruf machen, sonst kommen wir nicht an die zufällig anwesenden Passanten heran. Die Brugger Kollegen werden morgen die Restaurants und Bars abklopfen, aber die meisten schliessen um Mitternacht oder kurz nachher. Brugg scheint nicht ein attraktives Pflaster für den Ausgang zu sein."

Gody Kyburz setzte sich aufrecht hin und nahm, wie er es im Kaderseminar gelernt hatte, seine Führungsrolle wahr. „Danke Angela und Urs, gute Arbeit. Ich glaube, wir gönnen uns jetzt alle ein paar Stunden Schlaf, und morgen früh machen wir weiter. Es scheint mir wichtig zu sein, noch mehr über Böckel und sein Umfeld zu erfahren, und natürlich müssen wir die Fachhochschule unter die Lupe nehmen. Das wird Gegenwehr erzeugen, aber damit können wir leben." Er seufzte. „Leider habe ich morgen einen offiziellen Termin, aber gegen Abend bin ich wieder da. Sagen wir Sitzung um fünf? Ich wünsche euch eine gute Nacht."

„Einen Moment noch, meine Herren." Angela zögerte, aber es musste sein. „Die Aargauer Zeitung hat etwas gehört, keine Ahnung woher. Steff Schwager hat den ganzen Nachmittag versucht, mir die Würmer aus der Nase zu ziehen, und er droht mit der Titelseite. Jemand sollte ihn vor zehn Uhr anrufen, damit er uns nicht in den Rücken fällt."

In diesem Moment läutete Nicks Mobiltelefon. Nach einem kurzen Blick auf das Display hob er die Augenbrauen. „Wenn man vom Teufel spricht ...". Er schaltete den Lautsprecher ein. „Hallo Steff, ich habe gehört, dass du meine Mitarbeiterin schon wieder belästigst."

„Klar, wenn ein toter Professor an einem Silo hängt. Was kannst du mir dazu sagen?"

„Leider noch nichts, Steff, du kennst die Regeln. Du musst bis morgen warten."

„Vergiss es. Vermutlich hat ein Kollege von der Sensationspresse auch etwas mitbekommen, und wenn jeder Pendler die Geschichte morgen früh liest, kann die AZ als lokales Medium sicher nicht schweigen. Also, was hast du?"

„Ich hasse deine Drohungen, Steff. Wir haben die Familie des Opfers noch nicht erreicht, und das bedeutet, dass ich morgen keinen Ton über die Geschichte in deiner Zeitung lesen will. Ist das klar und eindeutig genug, oder soll Gody Kyburz den Chefredaktor anrufen?"

„Scheisse, Nick, du drohst mir genauso. Wann bekomme ich mehr Infos?"

„Ich rufe dich an, aber lass Angela in Ruhe. Geh schlafen, Steff, es ist besser so. Ciao." Nick legte auf und wandte sich an seinen Chef. „Das bedeutet, dass wir für morgen eine Pressemitteilung formulieren müssen. Kannst du das mit unserem Sprecher noch koordinieren, bevor du wegfährst?"

Gody nickte und atmete tief aus. Zusätzlich zu seinen normalen Aufgaben war er für ein paar Monate auch Polizeikommandant; der Neue übernahm den Posten erst im Sommer. „Wir machen das morgen früh. Ich kann die Konferenz nicht sausen lassen, die Nordwestschweizer Kommandanten treffen sich und da muss ich dabei sein. Noch etwas, Angela? Nein? Pino, Nick? Gut, dann schliessen wir für heute. Gute Nacht."

6

Nick schreckte hoch, als der Wecker um halb sechs Uhr klingelte. Er war sein Leben lang mit dem unregelmässigen Schlafrhythmus klargekommen, aber heutzutage fiel es ihm immer schwerer. Er brauchte mehr Ruhezeit, mehr Schlaf, mehr Erholung, seit er sechzig geworden war.

Marina öffnete ihre grossen braunen Augen und murmelte: „Guten Morgen, mein Herz. Muss ich auch schon aufstehen?"

Nick beugte sich über sie und küsste sie sanft auf die Stirn. „Du bleibst liegen, solange du willst, aber ich muss gehen."

„Gut, dann schlafe ich noch ein bisschen." Sie schloss die Augen wieder, drehte sich auf die Seite und zog die Decke unters Kinn. „Hoffentlich findet ihr den Täter bald, dann können wir wieder gemeinsam frühstücken."

Nick ging nach unten in die Küche und schaltete die Kaffeemaschine ein. Er duschte, rasierte sich und betrat das Ankleidezimmer – eine neue Errungenschaft, die sich Marina beim Umbau im letzten Jahr nicht hatte ausreden lassen. Mittlerweile sah auch er die Vorteile, obwohl seine Kleider höchstens einen Viertel des Platzes einnahmen. Er entschied sich für eine dunkelgraue Hose, ein hellblaues Hemd und die Wildlederjacke; eine gelbe Krawatte mit kleinem Muster rollte er auf und steckte sie in die Jackentasche für den Fall, dass es doch eine Pressekonferenz gab. Früher hätte er ausser bei Hochzeiten und Beerdigungen nie eine Krawatte getragen, schon aus Prinzip nicht, aber seit er mit Marina verheiratet war, war so vieles anders geworden, und beileibe nicht schlechter.

Zurück in der Küche wärmte er eine Tasse vor, drückte die Espressotaste und atmete den Geruch des frisch gemahlenen Kaffees ein – es sind die kleinen Dinge, ging es ihm durch den Kopf, die Zufriedenheit bringen im Leben, man muss sie sich nur bewusst machen. Ein leises 'Miau' ertönte, und die kleine Katze schaute ihn vom Fenstersims erwartungsvoll an. „Dich hätte ich beinahe vergessen", sagte er und löffelte etwas Nassfutter in ein Schälchen. „Du hast dir wohl endgültig ein neues Zuhause ausgesucht, nicht wahr?"

Er nahm seine schwarzen Mokassins aus dem Schuhschrank, verstaute Schlüssel, Mobiltelefon und Brieftasche in der Jacke und verliess leise das Haus. Es war kühl und der Wind blies die letzten Tropfen des nächtlichen Regens von den Bäumen, aber jetzt war der Himmel klar. Er wollte gerade um die Ecke biegen, um zur Garage zu gelangen, da hörte er, wie jemand halblaut seinen Namen rief.

Angela stand am Gartentor und winkte. Wie lange sie wohl schon wartete? Er schaute auf die Uhr. „Spätestens um halb sieben hätte ich dich angerufen", sagte sie mit einem verschmitzten Lächeln, „aber ich wollte dich nicht daran hindern, deinen heiligen Espresso zu trinken. Guten Morgen, Chef." Ihre Augen und Lippen waren diskret geschminkt, ihr blondes Haar zu einer modischen Banane hochgesteckt, und sie trug eine frische weisse Bluse, eine dunkelblaue Hose und ein modisches graues Strickjäckchen. „Wir fahren nach Waldshut, um mit den deutschen Kollegen das weitere Vorgehen zu besprechen, sie haben die Angehörigen gefunden. Sonst gibts noch nichts Neues. Ich bin für heute deine Fahrerin." Sie öffnete die Beifahrertür. „Bitte schön."

„Wow, das sind ja ganz neue Töne. Überhaupt siehst du ganz toll aus heute, und ich frage mich, wer oder was für deine ausgezeichnete Laune verantwortlich ist."

„Nichts Besonderes, es ist einfach ein schöner Frühlingstag, und irgendwie spüre ich, dass wir heute gut arbeiten werden. Vielleicht ist der Fall heute Abend schon gelöst."

So schnell wird es wohl nicht gehen, dachte Nick, aber hoffen darf man immer. Jedenfalls war Angelas gute Stimmung ansteckend, und auf der Fahrt nach Deutschland erzählte Nick seiner Mitarbeiterin ein paar Anekdoten aus dem Kaderseminar. Als sie dem Klingnauer Stausee entlang fuhren, erinnerte er sich plötzlich an den Fall Truninger. „Hier im Wehr hat Peter Pfister doch damals die Leiche der Frau gefunden, die aus der Psychiatrie nach Aarau fuhr, um den Kasinodirektor mit einem Messer zu erstechen. Wie hiess sie noch?"

„Sybille Senn", kam die prompte Antwort. Angela erinnerte sich gut; es war ihr erster grösserer Fall im Team von Nick Baumgarten gewesen, und das Gespräch mit Herrn Senn hatte sie lange nicht vergessen. Aber auch die Witwe des Opfers hatte einen bleibenden Eindruck hinterlassen, und vor allem Andrew, der beste Freund von Truninger. „Wie geht es Maggie Truninger und Andrew Ehrlicher?"

Nick lachte. „Er sieht immer noch so gut aus wie vor fünf Jahren, falls du darauf hinaus willst. Ich habe in den letzten zwei Monaten weder ihn noch sie gesehen, aber Marina geht ins gleiche Fitnesscenter wie Maggie, und ich habe den Verdacht, dass die beiden dort ihren Kaffeeklatsch abhalten, statt ihre Muskeln zu trainieren. Wo Andrew gerade steckt weiss ich nicht, aber er meldet sich immer, wenn er hier ist." Er schüttelte den Kopf. „Wenn ich denke, wie eifersüchtig ich war vorletztes Jahr, als er Marina die Stelle anbot in St. Martin ..."

Angela sagte nichts. Sie hatte im – wie sie es nannte – 'Winter des Schreckens' ihren Chef von einer völlig neuen Seite kennengelernt: ungeduldig, aufbrausend, unfair. Erst als Marina nach zwei Monaten aus der Karibik zurückkam und seinen Heiratsantrag annahm, wurde er wieder zu dem Nick, den man in der Kantonspolizei kannte und schätzte.

Am Grenzübergang in Waldshut gab es nur in der Gegenrichtung Stau, und Angelas Navigationsgerät führte sie auf direktem Weg zum Polizeiposten in der Altstadt. Um zwanzig nach sieben betraten sie das Büro von Polizeihauptmeister Uwe Priess.

„Morjn die Herrschaften, oder besser: grüzi zusammen." Priess war gross, breit und weich. Das freundliche Lächeln erreichte die Augen nicht, der Blick war hart wie Stahl. „Kaffee, Herr Kollege? Sie auch, junge Frau?"

Angelas Nackenhaare sträubten sich. Sie mochte den Ton nicht, mit dem gewisse Männer sie grundsätzlich als Assistentin behandelten. Sie hatte allerdings gelernt zu schweigen, es brachte nichts, giftig zu werden. „Gerne, vielen Dank."

„Kaffee für drei", bellte Priess in Richtung Korridor, und es dauerte nicht lange, bis ein uniformierter Beamter drei Tassen brachte. Angela und Nick bedankten sich, Priess öffnete das Dossier, das vor ihm auf dem Schreibtisch lag. „Die Familie Böckel macht Urlaub am Comer See. Meine Leute haben den Bruder übers Handy erreicht und ihm die Sachlage geschildert. Er hat ein stichfestes Alibi. Er ist auf dem Weg zurück, im Verlauf des Tages wird er hier auf dem Revier erscheinen. Die Familie bleibt vorläufig in Italien."

„Welche Details haben Sie dem Bruder mitgeteilt, und wie hat er auf die Nachricht reagiert?" fragte Nick. Es ging ihm alles ein bisschen zu schnell.

„So wenig wie möglich, soviel wie notwendig, so wie wir das immer machen, wenn wir nur das Telefon zur Verfügung haben: Horst Böckel sei tot aufgefunden worden in Windisch, vermutlich durch Fremdeinwirkung gestorben im Laufe der Nacht von Samstag auf Sonntag. Böckel, er heisst übrigens Franz, wollte gleich wissen, ob es im Hotel Bahnhof geschehen sei, da sei Horst öfter über Nacht geblieben, wenn es spät geworden sei oder er zu viel getrunken habe. Haben Sie sich dort schon erkundigt?"

Angela schüttelte den Kopf. „Wir wollten gestern nachfragen, aber die Rezeption ist nur unregelmässig besetzt. Wir werden das selbstverständlich überprüfen. Wie hat Franz Böckel reagiert, so weit Sie das beurteilen können?"

„Er war schockiert, natürlich, aber er brach nicht gerade in Tränen aus. Er kann sich nicht vorstellen, wer einen Grund hätte, seinen Bruder umzubringen, aber er weiss wenig über Horsts Privat- oder Berufsleben. Er selbst sei ein Familienmensch und Horst ein Junggeselle, da gebe es nicht viele Gemeinsamkeiten." Uwe Priess schob seine Unterlagen zusammen. „Damit ist vorerst alles gesagt. Ich schlage vor, dass wir als Nächstes nach Küssaburg fahren und uns die Wohnung von Böckel anschauen." Er räusperte sich. „Und damit von Anfang an die Zuständigkeiten geklärt sind: auf deutschem Boden sagen wir, wo es lang geht, und wir führen auch die Gespräche, zum Beispiel mit Franz Böckel. Jemand von Ihnen kann dabei sein, aber bitte schweigend. Wir wissen, was wir zu tun haben." Er stand auf. „Wir nehmen meinen Wagen. Ich habe noch ein paar Minuten zu tun hier, Sie warten bitte draussen."

Angela war versucht zu salutieren, und beinahe wäre ihr ein 'oui, mon général' entfahren. Nick und sie gingen nach draussen, und als sie ein paar Meter von der Tür entfernt standen, schauten sie sich vielsagend an. „Es fehlen zwei kleine Details zum Sheriff", sagte Angela angewidert, „nämlich die verspiegelte Sonnenbrille und der schwarzweisse Dodge."

Nick schmunzelte. „Nun sei nicht so empfindlich, Angela, er und seine Leute sind vermutlich sehr effizient.

Sie sind bereit uns zu helfen, aber nur, wenn wir uns anständig benehmen."

„Schon gut, Chef", antwortete Angela und prustete los, als sie Priess zur Tür heraustreten sah. „Jetzt muss er nur noch ins richtige Auto steigen." Sie wandte sich ab und nahm ihr Telefon aus der Jackentasche. „Pino, kannst du dich bitte im Hotel Bahnhof in Brugg nach Böckel erkundigen? Er scheint dort Stammgast gewesen zu sein. – Nein, aber wir sind auf dem Weg, zusammen mit einem deutschen Kollegen. Ich melde mich, sobald wir mehr wissen. Ach ja, vermutlich hatte er ein Salärkonto in der Schweiz, schau doch mal nach. – Danke, bis später."

7

Pino Beltrametti lehnte seinen langen Oberkörper über die Empfangstheke und drehte den Bildschirm zu sich. „Kantonspolizei Aargau, wir untersuchen einen Mord. Ich brauche die Gästeliste."

Der junge Mann an der Rezeption wich etwas zurück. „Da muss ich zuerst den Chef fragen, unsere Gäste haben ein Anrecht auf Diskretion." Er drehte den Bildschirm zurück. „Können Sie sich ausweisen?"

Seufzend zog Pino den Ausweis aus der Tasche. „Hier. Hören Sie, ich will die Sache nicht kompliziert machen. In der Nacht auf Sonntag ist ein Horst Böckel umgekommen, und wir wissen, dass er oft hier übernachtete. War er am Wochenende auch registriert?"

Der Angestellte wurde bleich. „Professor Böckel? Von der Fachhochschule? Ermordet?"

Pino nickte. „Kannten Sie ihn? Und war er am Samstag hier oder nicht?"

„Ja, er hatte sein übliches Zimmer reserviert für Samstagabend. Ich studiere bei ihm, er betreut meine Bachelorarbeit in Robotertechnik. Aber was ist denn passiert?"

„Das wissen wir noch nicht genau. Können Sie überprüfen, ob und wann er das Hotel am Samstag betreten hat?"

Der Student schüttelte den Kopf und erklärte, der Zutritt sei mit einem Zahlencode geregelt, aber es werde nichts gespeichert, die Gäste bewegten sich frei. „Wir haben praktisch nur Stammgäste, die das System kennen. Entweder zahlen sie im Voraus per Kreditkarte, oder sie erhalten eine Rechnung. Für Professor Böckel schreibe ich jeden Monat eine Rechnung, er verbringt mindestens eine Nacht pro Woche hier. Aber ob er am Samstag wirklich im Zimmer war, weiss ich nicht." Er suchte etwas auf einer Liste und griff zum Telefon. „Ich frage das Zimmermädchen." Als er wieder aufhängte, schüttelte er den Kopf. „Das Bett war am Sonntagmorgen unberührt und das Bad unbenutzt."

„Gut, dann brauche ich eine Liste mit den Daten, an denen er hier übernachtete, ungefähr ein halbes Jahr zurück. Ich muss wissen, ob er Besuch hatte, in welchem Restaurant er verkehrte, ob jemandem etwas aufgefallen ist. Dann brauche ich leider auch eine Liste der anderen Gäste, die von Samstag auf Sonntag hier übernachteten. Ist noch jemand hier, oder sind sie alle weg?"

Der junge Mann konsultierte sein elektronisches Gästebuch. „Es waren nur etwa zehn Zimmer belegt, alles Gäste einer Hochzeitsfeier im Restaurant 'Schlüssel'. Am Sonntag nach dem Frühstück reisten sie wieder ab."

„Nicht gerade viel los hier", murmelte Pino, und der Student nickte.

„Am Wochenende nicht, aber Montag bis Freitag sind wir zu neunzig Prozent ausgebucht, meistens Leute von der Fachhochschule. Der neue Campus belebt unser Geschäft sehr, und wir werden in Zukunft sicher noch mehr Gäste haben. – Aber was mache ich denn nun mit meiner Arbeit, ohne Professor Böckel?"

Pino Beltrametti zuckte mit den Schultern. „Keine Ahnung, da kann ich Ihnen nicht helfen. Aber sagen Sie, kannten Sie Böckel näher?"

Wieder schüttelte der Student den Kopf. „Nein, er war zwar mein Lehrer, aber es gab nur vereinzelt fachliche Diskussionen. Er war ganz o.k., normal halt, etwas ungeduldig. Mit den Masterkandidaten hatte er mehr Kontakt, dort arbeiten sie enger zusammen. Es sind etwa ein halbes Dutzend Studenten, die zu dieser Gruppe gehören, und ich glaube, die waren auch schon bei ihm zu Hause. Vielleicht wissen sie mehr. Die Namen kenne ich nicht, aber auf dem Sekretariat gibt man Ihnen sicher Auskunft. – Ich kann es einfach nicht glauben ..."

Pino liess seine Karte auf der Theke liegen und ging zur Tür, wo er sich umdrehte. „Wie heissen Sie eigentlich?"

„Marco Fontana."

„Auf Wiedersehen, Marco Fontana. Sie und ihr Chef sollten mich unbedingt anrufen, wenn Sie doch noch mehr wissen. Wir finden es sowieso heraus. Ciao."

Als er nach draussen trat, wehte ihm ein kalter Wind entgegen. Er stellte den Kragen seiner Lederjacke hoch und ging auf die gegenüberliegende Strassenseite, um das Hotel von aussen zu betrachten. Die Hälfte der Fassade war in einem hellen Gelbton gestrichen, und offensichtlich waren neue Fenster eingesetzt worden. Die andere Hälfte machte einen etwas heruntergekommenen Eindruck. Man müsste investieren, dachte Beltrametti, aber das ist wohl nicht ganz einfach in einem Kaff, in dem ausser einer Hochzeit am Samstagabend nichts läuft. Nichts jedenfalls, wovon man einem Polizisten erzählt.

8

„Drogen?" fragte Angela ins Handy. Sie sass unter einem Baum in Böckels Garten. Eine getigerte Katze hatte sich in gebührender Distanz hingesetzt und beobachtete sie. „Oder Zuhälterei?"

„Keine Ahnung", antwortete Pino. „Jedenfalls nicht Geldwäsche, sonst würde das Hotel anders aussehen. Ich höre mich noch etwas um, es gibt da ein paar Kneipen, in denen Böckel vielleicht verkehrte. War er Raucher?"

„Keine Ahnung. Warum?"

„Weil es hier eine Raucherbar gibt, ganz in der Nähe des Hotels. Hast du ein Bild von ihm, ich meine eins vom lebenden Böckel?"

„Ja, ich schicke es dir gleich aufs Handy. Wenn du die Kneipentour erledigt hast, könntest du dich an der Fachhochschule umsehen, es muss dort Leute geben, die ihn etwas besser kannten, zum Beispiel sein Chef, oder die Sekretärin, falls es so etwas gibt."

„Oder die Masterstudenten, die offenbar engeren Kontakt hatten mit ihrem Professor. Wo bist du überhaupt, ich höre die ganze Zeit Vögel pfeifen?"

„Vor Böckels Haus, ich sitze unter einer Linde auf einer Bank, die wahrscheinlich der Grossvater selbst geschnitzt hat. Jedenfalls verwittert und bequem. Dann ist da noch eine Katze, die darauf wartet, etwas zu fressen zu bekommen."

„Und? Im Haus etwas Interessantes gefunden?"

„Weiss nicht, der deutsche Sheriff hat mich weggeschickt, er will höchstens einen von uns dabei haben. Am liebsten einen Mann, also sitze ich hier draussen. Von dem, was ich sehen konnte, war unser Opfer eher ein Messie als ein Ordnungsfanatiker. Die Haustür führt direkt in die Wohnküche, und die war weder sehr sauber noch aufgeräumt. Ich hoffe, die Männer finden irgendeinen Hinweis in dem Chaos."

„Wenn er wirklich ein Messie war, dann schmiss er nichts weg, also ist es nur logisch, dass sie fündig werden. Seinen Arbeitsplatz müssen wir auch unter die Lupe nehmen. Bekomme ich Verstärkung, oder muss ich alles alleine machen?"

„Ruf die Brugger Kollegen an, dort gibt es einen eifrigen jungen Mann namens Kevin Pedroni. Er soll dir unter die Arme greifen."

„Kevin? Blöder Name. Ist er nur eifrig oder auch clever?"

Angela lachte. „Beides, und er kennt die Spielregeln, im Gegensatz zu dir. Ciao." Sie schickte das Bild von Böckel per MMS an Pino, und schon klingelte es wieder, eine unbekannte Mobilnummer. „Kaufmann?"

„Hallo Frau Kaufmann, Colin MacAdam hier. Haben Sie Zeit?"

„Sicher, erzählen Sie."

„Ich habe ein paar vorläufige Erkenntnisse, die für Sie wichtig sein könnten. Todeszeitpunkt ist zwischen Mitternacht und zwei Uhr. Böckel hatte getrunken und viel Fleisch gegessen, ungefähr zwei Stunden vor seinem Tod. Er muss schnell gegessen haben, die Fleischstücke in seinem Magen sind gross." Er machte eine Pause, vermutlich um meine Reaktion zu testen, dachte Angela. Sie tat ihm den Gefallen.

„Wie eklig. War es ein Schaf, eine Kuh oder ein Schwein?"

Colin lachte. „Sieht aus wie gut gelagertes Angus Beef, würde ich sagen. Nein, im Ernst, es muss fast ein Pfund Steak gewesen sein, und mindestens eine Flasche Rotwein. Vielleicht könnten Sie mit seinem Bild die Restaurants in der Umgebung abklappern."

„Sehr gut, das macht mein Kollege Beltrametti gerade.

Ich sage ihm, er brauche in der Pizzeria nicht nachzufragen. Er hat übrigens gefragt, ob Böckel rauchte."

„Warten Sie einen Moment. – Also, an den Fingern sehe ich keine Spuren, und die Lunge sieht auch nicht danach aus. Eher Nichtraucher."

„Gut. Haben Sie noch etwas?"

„Er erhielt einen Schlag an den Hals, hinter dem rechten Ohr, der ihn vorübergehend ausser Gefecht gesetzt haben muss. Jemand der sich auskennt macht das mit der Handkante, der Abdruck könnte passen. Keine Hautpartikel, der Täter trug Handschuhe."

„Asiatische Kampfkunst?"

„Nicht unbedingt, man muss nur wissen wo. Ich kann das im Übrigen auch, es ist ganz leicht. Ich demonstriere Ihnen gern, wie es geht."

„Vielen Dank, Sir, vielleicht ein andermal. Sie sind aber nicht zufällig der Mörder von Horst Böckel?"

„Bedaure, Madam, nein." Er kicherte. „Sie haben einen geradezu englischen Humor, Frau Kaufmann. Ich melde mich wieder. Bis dann."

Sie lächelte und lehnte sich zurück. Englischer Humor, von einem Briten? Das musste ein Kompliment sein. Sie speicherte die Nummer.

„Da es sich nicht um den Tatort handelt, müssen wir nicht allzu vorsichtig sein. Wir können die Unterlagen auch mitnehmen, wenn Ihnen das lieber ist." Nick Baumgarten und Uwe Priess traten vors Haus, und Priess klebte einen rot-weissen Streifen quer über die Tür.

„Auf gar keinen Fall, Kollege Baumgarten, das bleibt alles hier. Ich stelle Ihnen gerne einen Kollegen zur Verfügung, wenn Sie das Haus weiter untersuchen wollen, aber erst wenn Sie wissen, wonach Sie suchen. Kämmen Sie erst mal sein Büro durch, vielleicht finden Sie dort was."

„Ich werde sicher nochmals hierher kommen müssen,

und nicht allein. Angela, wir fahren." Nicks Stimme war etwas lauter als gewohnt. „Wir haben nichts Relevantes gefunden, aber die Zeit war auch sehr kurz."

Schweigend fuhren sie nach Waldshut zurück, wo sie von Priess höflich aber bestimmt nach Hause geschickt wurden. Er versprach sie anzurufen, sobald Franz Böckel eintraf, aber es war klar, dass er nicht lange auf seine Schweizer Kollegen warten würde. „Das Gespräch wird aufgezeichnet, Sie erhalten eine Abschrift. Gute Fahrt."

„Warum wehrst du dich nicht?" fragte Angela verärgert, als sie wieder im Auto sassen. „Er muss dir doch Gelegenheit geben, mit dem Bruder zu sprechen, er weiss ja gar nicht, welche Fragen er stellen muss."

„Nur keine Hektik, wir bekommen schon, was wir wollen. Priess ist jemand, der sein Revier markiert, und er lässt sich ungern sagen, was zu tun ist, ausser vielleicht von seinem Vorgesetzten. Diplomatie und Beharrlichkeit werden uns eher helfen als kämpferisches Verhalten." Er lächelte. „Lass mich das machen, du regst dich zu sehr auf."

„Mag sein, aber er geht mir auf den Keks." Angela beschleunigte, um einen Traktor zu überholen. „Allerdings sind wir darauf angewiesen, dass er uns hilft, und ich werde mich zurückhalten, auch wenn es mir schwerfällt."

„Gut so. Hast du etwas von Pino gehört?"

„Ja, und auch von der Rechtsmedizin." Sie erzählte von den zwei Anrufen. „Ich glaube, als Nächstes ist die Fachhochschule dran. Ruf doch Pino an, Nick, vielleicht braucht er Unterstützung, nicht nur von einem jungen Polizisten." Sie schaute auf die Uhr. „Es ist erst elf Uhr, bis um fünf können wir noch ganz viel tun."

9

„Ziemlich erschreckend, was über ein Wochenende in diesem Landstädtchen passieren kann", sagte Professor Antoine Berbet, dessen lichtdurchflutetes Eckbüro eine wunderbare Aussicht auf den Landi-Turm bot. „Und Sie sind ganz sicher, dass es sich um unseren Horst Böckel handelt?"

Pino Beltrametti nickte nur. Berbet greift nach einem Strohhalm, dachte er, seine Abteilung steht im Fokus, wird auch in der Presse erwähnt werden; er versucht möglichst wenig zu sagen. „Eine Routinefrage: wo waren Sie in der Nacht auf Sonntag?"

Sein Gesprächspartner lächelte gequält. „Ich war mit den Kindern bei meinen Eltern in Neuchâtel. Sie hören ja vermutlich, dass Deutsch nicht meine Muttersprache ist."

Beltrametti hörte nichts dergleichen, er hatte kein Gefühl für Sprachen. „Adresse und Telefonnummer?" Er ignorierte das Vibrieren seines Telefons.

Berbet nahm eine Visitenkarte aus einer Schublade und schrieb die Angaben hinten drauf. „Ich bin geschieden, und es war mein Wochenende mit den Kindern. Ich schreibe die Nummer meiner Exfrau auch auf. Hier." Er beugte sich über den Schreibtisch und streckte Pino die Karte entgegen. „Sie wollten mich vermutlich nicht nur zu meinem Alibi befragen."

„Erzählen Sie von Horst Böckel, Sie waren sein Chef. Wie war er als Lehrer, als Kollege, als Mitarbeiter? Beliebt? Gibt es Leute, die ihm den Tod wünschten? Hatte er Probleme, Schulden, Streit? Wir müssen alles wissen über sein Leben." Pino lehnte sich im Besucherstuhl zurück und drehte sich so, dass er den Tatort im Blickfeld hatte. „Könnte jemand aus Ihrer Institution die kriminelle Energie haben, einen Mann an einem

Hochhaus aufzuhängen, gut sichtbar für alle?"

Berbet stand auf und lehnte sich neben Pino an seinen Schreibtisch, so dass sie beide in die gleiche Richtung blickten. „Ich bin der Chef einer Abteilung mit etwa fünfundzwanzig Angestellten und rund hundertfünfzig Studentinnen und Studenten in verschiedenen Phasen ihres Studiums. Wir arbeiten mehr oder weniger erfolgreich zusammen, wir streiten, wir feiern, aber wir sind keine Familie, eher ein Team von Individuen. Horst Böckel war einer von denen, die nicht viel von sich preisgeben, ein zurückhaltender Mensch. Fachlich und wissenschaftlich war er gut und qualifiziert, und auch die Studenten hatten nichts an seiner Lehrtätigkeit auszusetzen, aber Charme und Charisma hatte er nicht. Seine Kontakte im Institut beschränkten sich aufs Notwendige, und über sein Privatleben oder seine Beziehungen ist mir wenig bekannt. Ich weiss nur, dass er unverheiratet war und im Haus seiner verstorbenen Eltern wohnte, zusammen mit der Familie seines Bruders."

„Intime Beziehungen zu Studentinnen oder Studenten?"

„Die Studenten können Sie weglassen, schwul war er nicht."

„Woher wollen Sie das wissen?"

„Beobachtung. Horst schaute den jungen Frauen gerne nach, aber ich glaube nicht, dass es mehr war. Solange sie studieren sind sie tabu. Was nach den Prüfungen kommt ist uns als Schule egal."

„Und die Masterstudentinnen? Ich habe gehört, dass es dort engere Kontakte gab."

„Das ist immer so, Herr Beltrametti. Die Masterprogramme erfordern mehr Betreuung, man kommt sich automatisch näher und lernt sich besser kennen." Berbet schaute auf die Uhr und stiess sich vom Schreibtisch ab. „Es ist nur leider so, dass im Fach Robotik in den letzten

fünf Jahren gerade mal zwei weibliche Studentinnen eingeschrieben waren, und derzeit sind alles nur Männer."
Er ging um seinen Schreibtisch herum, ordnete ein paar Akten und nahm seinen Laptop unter den Arm. „Leider ist meine Zeit für Sie im Moment abgelaufen, ich muss zu meinem Montagsmeeting mit den Mitarbeitern des technischen Dienstes. Wollen Sie mitkommen?"

Pino winkte ab. „Vielleicht müssen wir mit Ihren Mitarbeitern sprechen, aber nicht gerade jetzt und nicht in diesem Rahmen. Wir melden uns. Ach ja, wo finde ich die Treppe zum Dach?"

„Vorne links, zwei Stockwerke höher ist eine Luke mit einer Leiter. Auf Wiedersehen."

Die Frage nach dem potenziellen Mörder in der eigenen Abteilung hat er nicht beantwortet, dachte Pino, und nach Konflikten in der Organisation werde ich weiter bohren. Sein Handy vibrierte, und er vereinbarte mit Angela und Nick ein Treffen auf dem Dach. Pedroni wartete sicher schon.

10

„Theoretisch könnte irgendwer von diesem Gebäude aus etwas gesehen oder bewusst das Geschehen verfolgt haben", fasste Pedroni zusammen. „Wir wissen nur, dass die Eckwohnung im obersten Geschoss zurzeit leer steht und dass Berbet abwesend war. Eine grosse Anzahl Leute haben Schlüssel zu Sitzungszimmern, Hörsälen und anderen Büros. Falls ein zufälliger Passant Licht gesehen hat, hilft uns das auch nicht viel, denn es kann jemand im Dunkeln gesessen haben." Er räusperte sich. „Einen direkten Einfluss kann ein bewusster Beobachter sowieso nicht ausgeübt haben, es sei denn per Telefon oder Funk, und in einem solchen Fall fragt es sich, warum er nicht selbst auf dem Landi-Dach dabei war."

„Höchstens um sich die Hände nicht schmutzig zu machen", sagte Pino. „Der Auftraggeber schaut von Ferne zu, wie andere den Mord verüben. Man müsste mal darüber nachdenken."

Nick schüttelte den Kopf. „Möglich, aber unwahrscheinlich. Vermutlich haben Sie Recht, Herr Pedroni, vielen Dank. Sie können verfügen." Nick schüttelte Pedronis Hand und ignorierte seinen fragenden Blick. „Wir melden uns bei Ihnen, wenn wir Ihre Hilfe brauchen."

„Aber mit der Befragung der Restaurants soll ich morgen weitermachen, wie Beltrametti gesagt hat? Die meisten sind montags geschlossen."

„Ja, natürlich. Kebab- und Pizzarestaurants können Sie weglassen."

„Alles klar, wir suchen grosse Fleischportionen." Und schon war er verschwunden.

„Guter Laufbursche", bemerkte Pino, „muss noch ein paar Dinge lernen, hat aber Potenzial."

Nick schüttelte den Kopf. „Wir dürfen ihm nicht zu

grosse Hoffnungen machen, er ist der Kapo Nord zugeordnet und wird noch eine Weile dort bleiben. Vor allem darf er nicht alle Details erfahren, sonst weiss innert Stunden jeder Bescheid. Er könnte sich wichtig machen wollen, die Versuchung ist gross."

„Glaube ich nicht", wandte Angela ein, „aber gut, wir sagen ihm nur das Nötigste. Und jetzt, wie weiter?"

Pino klopfte sich auf den Bauch. „Gehen wir etwas essen? Ich habe einen Bärenhunger."

„Ich auch, schliesslich sind wir schon lange unterwegs. Beim Italiener im Einkaufszentrum gibts ein Mittagsbüffet mit Salaten und Pasta, darauf hätte ich jetzt Lust." Nick wusste, dass er in Sachen Kalorien vorsichtig sein musste. „Man kann so viel oder so wenig nehmen, wie man will, der Preis ist gleich. Wenn sie uns einen Tisch in einer Ecke geben, können wir ohne Zuhörer das weitere Vorgehen besprechen. Vielleicht müssen wir ja nochmals nach Waldshut heute Nachmittag."

Während sie durch die Bahnhofspassage Richtung Neumarkt gingen, wandte sich Angela an Pino. „Du hättest wahrscheinlich bessere Karten bei Sheriff Priess, er mag Frauen nicht besonders. Hättest du nicht Lust, Nick zu begleiten? Ich könnte dann hier weiter ermitteln und nach Zeugen suchen." Ihr Handy klingelte, das Display zeigte Steff Schwager. „Nick, was sage ich Steff?"

„Nichts, er soll Geduld haben."

„Kaufmann?" Sie stellte den Lautsprecher ein und liess Pino und Nick mithören.

„Hallo Angela, hier Steff Schwager. Ich wollte dir nur einen kleinen Tipp geben. Ich habe ein bisschen recherchiert, und da ist der Name eines gewissen Doktor Rötheli aufgetaucht, auch an der Fachhochschule, auch Institut Robotik. Er hat vor drei Jahren versucht, die Wahl von Horst Böckel zu hintertreiben, und zwar mit ziemlichem Hass und viel Gift."

„Wie meinst du das?"

„Flugblätter, Leserbriefe, Briefe an Mitglieder des Fachhochschulrats, Politiker, etcetera, alles unter der Gürtellinie aber juristisch nicht angreifbar. Grundton: es sei eine Schande, dass statt gut ausgewiesenen Schweizern ein windiger Ausländer aus dem grossen Kanton, dessen Qualifikation man nicht wirklich überprüfen könne, an erster Stelle der Kandidaten stehe. Man wisse ja, wie sorglos in unserem nördlichen Nachbarstaat akademische Arbeiten kopiert würden, und so weiter, alles in diesem Stil. Unterstützt wurde Rötheli von seiner Frau und ein paar in der Wolle gefärbten Fremdenhassern. Ich kann dir ihre Namen auch geben, aber sprecht zuerst mit Rötheli, er war direkt betroffen. Er bewarb sich um die Professur und unterlag Böckel."

„Danke Steff, das ist sehr hilfreich."

„Gerne geschehen. Grüsse an deinen Chef, ciao." Schwager legte auf.

Nick hob die Augenbrauen. „Erstaunlich – das war eine grössere Einzahlung aufs Informationskonto, einfach so. Ganz neue Töne."

Angela war skeptisch, sagte aber nichts. Steff Schwager hatte noch nie in seinem Leben etwas gegeben, ohne eine Gegenleistung zu verlangen. Das hatte sie buchstäblich am eigenen Leib erfahren.

11

Während er seine letzten Spaghetti al pesto kunstvoll mit der Gabel aufrollte, grinste Pino. „Ihr werdet mir den Knoblauchgeruch heute Nachmittag verzeihen müssen. Die Pasta ist sehr gut, und ich hole mir gleich Nachschub. Noch jemand?" Er war gross und schlank, konnte essen was und wie viel er wollte.

Angela schaute neidvoll auf seinen Teller. „Ich bleibe beim Salat, danke."

„Ach, was solls, ich komme mit." Nick wusste, dass er sich die zweite Portion nicht leisten konnte, aber er liess sich nur zu gerne verführen. Schliesslich tranken sie Mineralwasser und sparten sich so die Kalorien des Rotweins, rationalisierte er.

„Du könntest die Kollegen in Waldshut benebeln, Pino, und ich könnte Böckels Büro auseinandernehmen." Angela schaute Nick an, als sie diesen Vorschlag zur Arbeitsteilung machte, aber er schüttelte den Kopf.

„Wir machen Folgendes. Ich fahre allein nach Waldshut, falls Priess überhaupt vor dem Gespräch mit dem Bruder anruft, was ich bezweifle. Pino, du durchkämmst Böckels Arbeitsplatz, und du, Angela, suchst die Studenten, die im Masterprogramm von Böckel betreut wurden, und befragst sie. Wir müssen auch mit Berbet nochmals sprechen, er hat die Schmutzkampagne von Rötheli verschwiegen. Mit Rötheli rede ich selbst, auch wenn die Geschichte relativ lange her ist." Er schaute auf die Uhr. „Spätestens um halb fünf Uhr müssen wir zurückfahren für die Konferenz mit Gody. Wir haben drei Stunden Zeit, also nutzen wir sie gut."

Sie zahlten und gingen mit raschen Schritten zurück zur SBB-Unterführung. Sie wurde von den Einheimischen 'Mausloch' genannt: eng und dunkel war sie, und

Nick stellte sich vor, wie klaustrophobisch es hier wurde, wenn eine S-Bahn voller Studenten eintraf.

Sein Handy klingelte, es zeigte eine unbekannte Nummer an. Er bedeutete Angela und Pino, weiterzugehen und wischte mit dem Zeigefinger über sein Smartphone. Er hasste den Touchscreen, seine Finger konnten nur mit physischen Tasten etwas anfangen. „Baumgarten?"

„Grüezi Herr Baumgarten, hier spricht Manfred Scherr, Kommunikationschef der Fachhochschule. Haben Sie einen Moment Zeit?"

„Ja, ich bin im Prinzip gerade auf dem Weg zu Ihnen, das heisst zu Ihrem Gebäude."

„Dann könnten wir uns vielleicht für ein paar Minuten sehen? Ich müsste von Ihnen nur wissen, was ich sagen darf und was nicht in Bezug auf Professor Böckels Tod. Sie haben sicher Erfahrung darin, wie man so etwas richtig managt, im Gegensatz zu mir."

„Das sage ich Ihnen gerne, und vielleicht haben Sie Informationen, die mir weiterhelfen. Wo finde ich Sie?"

Nick versuchte sein Team einzuholen, aber er hatte die beiden aus den Augen verloren, es wimmelte von jungen Leuten mit Rucksäcken, Umhängetaschen, Fahrrädern. Zielstrebig bewegten sie sich durch den Campus oder sassen in kleinen Gruppen auf der Treppe und diskutierten. Niemand beachtete ihn, und auf einmal fühlte er sich uralt: nicht nur die Studierenden, auch die Dozenten und anderen Angestellten waren jünger als er. Man wurde unsichtbar mit dem Alter, das hatte er irgendwo gelesen, und jetzt fühlte es sich genauso an.

Er schüttelte sich innerlich und ging mit raschen Schritten die Treppe hinauf in den dritten Stock. Manfred Scherr und sein Anliegen würden ihn auf andere Gedanken bringen.

Den Kommunikationschef der Fachhochschule hatte

er sich allerdings ganz anders vorgestellt: auch er war jung, sah aus wie ein Zwanzigjähriger, war aber vermutlich eher dreissig. Er trug eine modische cremefarbige Bundfaltenhose mit breitem Gürtel, ein kariertes Hemd ohne Krawatte und ein marineblaues Jackett.

„Danke, dass Sie Zeit haben für mich, Herr Baumgarten, Sie haben sicher im Moment viel zu tun." Er wies auf einen Stuhl am runden Konferenztisch, und Nick setzte sich. „Ich habe mir erlaubt, den Pressechef der Kantonspolizei anzurufen, und habe mit seiner Hilfe eine Mitteilung entworfen. Er bat mich, mit Ihnen abzusprechen, welche Informationen ich allenfalls mündlich weitergeben darf, und wie ich auf interne Fragen am besten antworte." Er lächelte etwas gequält und senkte den Blick. „Meine Mailbox quillt schon jetzt über, und in den social media gibt es bereits Dutzende von Kommentaren zu Professor Böckels Tod."

„Ihnen als Profi muss ich nicht erklären, dass die Menschen sowieso denken und schreiben, was sie wollen, insbesondere auf diesen Plattformen." Nicks Ton machte Scherr klar, was der Kommissar von Facebook und ähnlichen Medien hielt. „Sie können in Ihrer Kommunikation nur eins tun: sich an Fakten halten, Spekulationen vermeiden, Gerüchte ignorieren. Wenn es schwierig wird, sagen Sie einfach, die Polizei hätte Ihnen einen Maulkorb verpasst. Wenn Sie das oft genug wiederholen, geben auch die hartnäckigsten Frager auf."

Manfred Scherr nickte. „Es wird nicht einfach sein, aber ich werde mich darin üben, keinen Kommentar abzugeben. Und nun, wie kann ich Ihnen helfen?"

Nick hatte in der Ecke die Maschine erspäht. „Sie könnten mir als Erstes einen Espresso machen, wenn ich so frech sein darf."

Scherr lachte und stand auf. „Sie meinen, weil die Polizei im Fernsehen immer nur Kaffee aus dem Automaten trinkt? Den mag ich nämlich auch nicht. Milch und Zucker?"

Nick verneinte. „Herr Scherr, ich brauche mehr Informationen zur Organisation der Fachhochschule und insbesondere der Abteilung und des Instituts, in dem Professor Böckel arbeitete. Keine Organigramme, sondern Insiderwissen: wer arbeitet mit wem gut zusammen, worüber wird von wem gestritten, wie wird das Geld verteilt, solche Dinge. Ich will mir ein besseres Bild machen von Horst Böckel und seinem beruflichen Umfeld, was im Übrigen nicht bedeuten muss, dass der Mörder aus Ihrer Organisation kommt." Er fixierte Scherr und machte eine Pause. „Ich weiss, dass Loyalität zum Arbeitgeber in Ihrer Position zentral ist, und ich erwarte nicht, dass Sie schmutzige Wäsche waschen. Aber ein Konflikt wurde vor drei Jahren sogar in der Öffentlichkeit ausgetragen: Werner Rötheli fand Böckels Kandidatur gar nicht gut. Wie haben sie sich seither vertragen?"

„Gar nicht. Werner Rötheli verhält sich, als ob Horst Böckel Luft wäre und weigert sich, mit ihm zu sprechen. Er verkehrt schriftlich oder über das Sekretariat mit ihm. Böckel hingegen spricht – oder sprach – direkt mit Rötheli, was in Institutskonferenzen zu völlig absurden Situationen führte. Mittlerweile haben sich alle daran gewöhnt und gehen mehr oder weniger entspannt damit um." Scherr zögerte. „Eine andere Geschichte ist Röthelis Frau. Sie versucht bei jeder Gelegenheit, Böckel schlecht zu machen."

Nick hob die Augenbrauen. „Arbeitet sie auch hier?"

„An der PH, der pädagogischen Hochschule. Sie präsidiert den Ausschuss des Mittelbaus, das sind die akademischen Mitarbeitenden ohne Professur, und dort spinnt sie ihre Intrigen. Eine unangenehme Person, wenn ich das so sagen darf."

Es klopfte, und die Tür wurde mit Schwung geöffnet. „Entschuldige Manfred, ich wusste nicht, dass du Besuch hast, aber ich brauche dich sofort." Ein gedrungener Mann mit angegrauten Schläfen und gut sitzendem Anzug stand im Raum. Er beachtete Nick nicht weiter. „Kannst du dein Gespräch später fortsetzen?"

Manfred Scherr erhob sich. „Das ist Herr Baumgarten von der Kantonspolizei, er leitet die Ermittlungen im Fall Böckel. Herr Baumgarten, darf ich Ihnen Herrn Andreas Camenisch vorstellen, Direktor der Fachhochschule und mein Vorgesetzter."

Die beiden Männer schüttelten sich die Hand, aber ohne dass Camenisch Nick mehr als eine Sekunde in die Augen sah. Er wandte sich gleich wieder an Scherr.

„Wir haben ein grösseres Problem in der PH. Ein Gewerkschafter versucht gerade, die Studenten für eine Demo zu organisieren, es geht um das Sparpaket der Regierung. Du musst sofort intervenieren. Es tut mir leid, Herr, eh, Kommissar, aber Sie müssen später weiterreden. Kommst du?"

„Schon in Ordnung, Herr Scherr, ich rufe wieder an." Nick schaute den beiden nach, als sie raschen Schrittes durch den Korridor gingen. Camenisch konnte ihn ignorieren oder nicht: das Problem Böckel würde sich nicht durch eine simple Intervention des Kommunikationschefs lösen lassen.

12

Pino Beltrametti schloss die Tür zum Korridor hinter sich, lehnte sich dagegen und schaute sich im Büro von Horst Böckel um. Im Institutssekretariat am anderen Ende des Gangs hatte man ihm gesagt, die ganze Etage werde jeweils am Freitagabend geputzt. Ob seither noch jemand den Raum betreten habe, wisse man nicht. Die drei Mitarbeiterinnen zeigten sich gebührend schockiert und entsetzt über das brutale Verbrechen an ihrem Professor, aber keine machte einen untröstlichen Eindruck. Man konnte Böckel daraus keinen Strick drehen, fand Pino, Beliebtheit bei Sekretärinnen wurde generell überschätzt.

Das Büro war kahl und nüchtern, Grautöne dominierten. Ein paar Farbtupfer gab es zwar in Form von Gruppenfotos an der Wand, aber man merkte deutlich, dass es hier um Technik ging, nicht um Kunst. Auf den ersten Blick herrschte Ordnung, zumindest einigermassen. Der Schreibtisch war aufgeräumt, Stapel von Papieren und Plastikmappen lagen ordentlich in Ablagefächern, nur auf der langen Werkbank an der linken Wand lagen Werkzeuge und Materialien durcheinander. Hier wurde offensichtlich gearbeitet, aber woran war nicht feststellbar, es gab nichts, das aussah wie das Produkt eines Professors für Robotik. Könnte es sein, dass hier etwas gestohlen wurde? Oder hatte Böckel seinen Roboter weggeschlossen? Gab es ihn überhaupt? Marco Fontana wusste vermutlich mehr darüber.

Die Gruppenfotos stammten aus der Vergangenheit: MIT Boston 2005 stand darunter, Tokio 2006, Wellington 2008. Typische Konferenzfotos, aufgenommen auf irgendeiner grossen Treppe vor einem imposanten Gebäude. Nach 2008 schien Böckel aufgehört haben zu reisen, oder zumindest hatte er die Fotos nicht mehr gerahmt und aufgehängt.

Die Schubladenstöcke unter dem Schreibtisch waren abgeschlossen. Pino wählte Angelas Nummer. „Hast du Böckels Schlüsselbund?"

„In Aarau, bei der Kriminaltechnik. Was brauchst du?"

„Pultschlüssel, alle Schubladen sind zu. Ich könnte ..."

„Nein, du könntest nicht. Wir machen das morgen."

„Ich wollte sagen, ich könnte die Sekretärin fragen, du misstrauisches Wesen."

„O.k., dann entschuldige ich mich, wenn auch ungern. Hast du etwas gefunden?"

„Nicht wirklich. Aber es scheint etwas zu fehlen, etwas woran er gearbeitet hat, aber was genau weiss ich nicht."

„Ah, da kann ich vielleicht helfen, mein Bester. Es ist vermutlich ein Hund."

„Ein Hund? Blödsinn."

Angela lachte. „Habe ich auch gesagt. Aber die Masterstudenten versicherten mir glaubhaft, dass die Gruppe eine intelligente Maschine entwickelt, die wie ein Hund aussieht und sich wie einer verhält, inklusive Schwanzwedeln. Einer der Studenten hat kurze Videos auf seinem Handy, und das süsse Tierchen bewegt sich wirklich wie ein kleiner Hund und kann sogar bellen. Aber, und jetzt kommts, Fido ist seit dem Wochenende verschwunden. Am Freitag haben sie noch daran gearbeitet und ihn dann in seinem Käfig im Labor eingeschlossen, wie jeden Abend. Jetzt ist er weg, und es gibt keine Einbruchspuren. Jemand hatte einen Schlüssel."

„Eine Art Werkspionage also?"

„Ja, oder ein ganz banaler Studentenstreich, keine Ahnung. Ich versuche noch mehr Konkretes über Böckel zu erfahren von den Studenten. Bis später."

Ein Roboter-Hund also war das Produkt, das auf Böckels Werkbank fehlte. Pino kannte Leute, die mit einem Roboter ihren Rasen mähten oder den Staub aus der Wohnung saugten, aber wozu sollte ein elektronischer Hund gut sein? Als Haustier, das man ein- und ausschalten konnte, das ausser Strom kein Futter brauchte und mit dem man in die Softwareabteilung ging statt zum Tierarzt, wenn es krank war? Pure Spielerei für Studenten, so wie er früher Modellflugzeuge gebaut hatte? Oder hatte Fido vielleicht Fähigkeiten und Kenntnisse, von denen ausser Böckel niemand etwas wusste? Pino startete den Laptop, der natürlich passwortgeschützt war. Er prüfte nochmals, ob wirklich alle Schubladen abgeschlossen waren und blätterte lustlos durch einen Stapel Unterlagen. Wenn es Geheimnisse gab, in Zusammenhang mit dem Roboter oder andere, waren sie entweder in den Schubladen oder in Böckels Wohnung zu finden, sicher nicht auf einem offen herumliegenden Stück Papier. Er entkoppelte den Laptop und steckte ihn unter seine Jacke, brachte den Schlüssel zurück ins Sekretariat und verabschiedete sich.

„Eine Frage habe ich noch. Ist ein Marco Fontana Student von Professor Böckel?"

Ja, bekam er zur Antwort, Marco Fontana stehe kurz vor dem Bachelor-Abschluss. Ein sehr netter junger Mann, Werkstudent mit Nachtschichten im Hotel Bahnhof, wo Böckel öfters übernachtet habe, sagte die grauhaarige Dame mit vielsagender Miene und einem unschuldigen Lächeln.

13

Nick läutete an der Tür von Werner Röthelis Büro. Neben der Klingel gab es eine kleine Ampel, so wie früher beim Polizeikommandanten. Nach ein paar Sekunden leuchtete das rote Lämpchen: besetzt, Besucher unerwünscht. Er versuchte, durch die Lamellenstoren an der Seite einen Blick ins Innere des Zimmers zu erhaschen.

Hinter ihm tönte es lachend: „Auf Widerhandlung gegen die rote Lampe steht die Todesstrafe, passen Sie auf." Ein Student stand hinter ihm und wies den Korridor entlang. „Sie melden sich besser dort um die Ecke im Sekretariat an, vielleicht erhalten Sie dann einen Termin in drei Wochen."

„So schlimm? Ich muss aber heute mit Herrn Rötheli sprechen."

„Dann viel Glück."

Als Nick um die Ecke bog, kam ihm Pino Beltrametti entgegen. Er grinste zufrieden und öffnete kurz seine Lederjacke.

„Den Laptop habe ich mitgenommen, unsere Techniker können sicher das Passwort knacken."

Nick hatte sich mittlerweile an die unorthodoxe Vorgehensweise seines Mitarbeiters gewöhnt, aber er protestierte trotzdem. „Staatsanwältin Dumont wird dazu etwas zu sagen haben, das ist klar."

„Kein Problem. Ich werde sie überzeugen, dass es so viel effizienter ist als wenn unsere Leute hierher kommen und das Ding untersuchen müssten. Wenn wir Glück haben ist noch nichts gelöscht worden, aber das kann jederzeit passieren. Sicher ist sicher. Wo willst du hin?"

„Ich will mit Werner Rötheli sprechen, aber er scheint nichts übrig zu haben für unangemeldete Besucher."

„Klopfen und eintreten ist die beste Strategie. Komm,

zu zweit können wir ihn ein bisschen einschüchtern. Wir spielen good cop, bad cop."

Rötheli war allein und protestierte laut, als Pino mit Schwung die Türe öffnete. „Was fällt Ihnen ein ..."

Pino beugte sich über den Schreibtisch und hielt ihm seinen Ausweis vors Gesicht. „Kantonspolizei", sagte er mit tiefer Stimme. „Wir müssen mit Ihnen reden, und zwar jetzt." Er nahm sich einen Stuhl und setzte sich. „Was haben Sie gegen Horst Böckel?"

Schon auf den ersten Blick war klar, dass Rötheli nicht selbst der Mörder sein konnte. Er wirkte dünn und kraftlos, war bleich und hatte eingefallene Wangen. Er sass im Rollstuhl. Aber seine Antwort kam voll Rage und wie aus der Pistole geschossen.

„Er ist Ausländer, einer von diesen arroganten, grossmäuligen Deutschen, die uns Schweizern die guten Stellen wegschnappen."

Nick sagte leise und besänftigend: „Wissen Sie, dass er am Wochenende auf brutale Weise ermordet wurde?"

„Ja, ich bin froh darüber, aber ich habe damit nichts zu schaffen. Sie können jetzt wieder gehen." Rötheli nahm den Telefonhörer in die Hand. „Ich muss arbeiten."

„Es ist uns klar, dass Sie sehr beschäftigt sind, Herr Rötheli. Es dauert auch nicht lange, aber ein paar Fragen müssen wir Ihnen noch stellen, das ist leider so in unserem Beruf." Nick klang fast entschuldigend, und das zeigte Wirkung.

„Ja, ich verstehe. Aber ich habe wirklich nicht viel Zeit. Sie wollen sicher wissen, wo ich am Samstagabend war. Ich war mit meiner Frau ..."

Pino wurde scheinbar aggressiv. „Wir haben das Wochenende erwähnt. Woher wissen Sie, dass Sie für Samstagabend ein Alibi brauchen?"

„Weil ich am Sonntagvormittag hier war und den ganzen Polizei-Zirkus mitbekam", sagte Rötheli, schon wieder genervt. „Ich nahm den Feldstecher und schaute zu, wie einer hinaufgezogen wurde da drüben am Hochhaus." Er machte eine Pause. „Ich wusste nicht, dass es Böckel war, sonst hätte ich gefeiert, und zwar mit Champagner."

„Sagen Sie uns jetzt bitte noch, wo Sie am Samstag waren, zusammen mit Ihrer Frau." Nick sprach beruhigend, aber auch bei ihm regte sich Widerstand. Er mochte diesen Rötheli ganz und gar nicht.

„Im Konzert, Aargauer Sinfonieorchester, in Baden. Meine Frau hat die Tickets bestellt, das können Sie überprüfen. Für meinen Rollstuhl entfernt man in der ersten Reihe Mitte einen Stuhl."

„Wann war das Konzert fertig?"

„Kurz nach zehn Uhr. Wir wurden von einem befreundeten Ehepaar zu uns nach Hause gefahren, wo wir zu viert noch eine oder zwei Stunden bei einem Glas Wein sassen. Ich kann Ihnen die Namen geben."

„Aufschreiben, mit Adresse und Telefonnummer", sagte Pino brüsk und stand auf. „Wir müssen mit Ihrer Frau reden, wo ist sie?"

„Warum? Sie hat noch weniger damit zu tun als ich." Er schrieb einen Namen und eine Telefonnummer auf einen gelben Zettel und gab ihn Nick.

„Da haben wir andere Informationen. Wir gehen jetzt, und wir kommen wieder." Pinos drohender Unterton war nicht zu überhören, aber Rötheli war wenig beeindruckt.

„Tun Sie das", sagte er und wandte sich seiner Arbeit zu.

14

„Wann fand diese Party statt? Und wer genau ist Kati?" Angela sass in einer Runde mit vier Studenten, die alle ein Masterstudium absolvierten. Zwei standen kurz vor dem Abschluss, die beiden anderen hatten letztes Jahr ihren Bachelor gemacht. Sie kamen aus verschiedenen Fachrichtungen wie Informatik oder Maschinenbau und arbeiteten als Gruppe zusammen an der Entwicklung von Fido, betreut von Horst Böckel. Angela schätzte sie zwischen fünfundzwanzig und etwas über dreissig; die Art und Weise, wie sie über ihr Roboter-Hündchen redeten, entsprach allerdings eher der Begeisterung von Primarschülern. Diese spielerische Freude hatte eindeutig gefehlt in Angelas Studium der Jurisprudenz, und sie fand die Atmosphäre sehr erfrischend. Sie hatten gerade erzählt, dass es vor ein paar Wochen bei Böckel zu Hause ein Fest gegeben habe, zusammen mit ein paar Studentinnen der Pädagogik. Es sei ziemlich laut und lustig hergegangen, man habe gemeinsam gegrillt und tüchtig gebechert, und statt zu schlafen seien sie mit dem ersten Bus wieder nach Brugg gefahren. Ausser Böckel natürlich, der sei zu Hause. geblieben und habe aufgeräumt, zusammen mit seiner Freundin Kati.

Einer der Studenten konsultierte sein Smartphone. „Am Freitag 15. März. Wir waren zwei Tage davor einen grossen Schritt weitergekommen mit Fido, wir hatten ihm nämlich beigebracht, drei Stufen hinunterzugehen, ohne umzufallen oder stehenzubleiben. Das mussten wir natürlich feiern."

Die anderen grinsten, und einer sagte: „Und nun wollen Sie natürlich wissen, wer Kati ist, nicht wahr? Nun, Kati hat vier Beine und ein Tigerfell, jagt Mäuse und Vögel und erwartet ihren Horst jeden Abend sehnsüchtig. Die Katze gehört zwar seiner Nichte, fühlt sich aber offensichtlich wohl bei Onkel Horst."

„Oh ja, dann habe ich Kati auch schon kennengelernt", lachte Angela. „Wir waren heute früh dort und haben uns umgesehen." Schade, dachte sie, eine menschliche Partnerin wäre zu schön gewesen. „Stimmt mein Eindruck, dass Professor Böckel in seinem Haus eher wenig Wert legte auf Ordnung und Sauberkeit?"

„Stört mich nicht." „Ja, stimmt, aber so ist es nun mal mit Genies." „Die Mädchen haben darüber getratscht, aber geputzt hat keine." „Er mag physisch ein Chaot gewesen sein, aber im Kopf hatte er Ordnung, das werden Ihnen alle bestätigen." Unbeteiligtes Schulterzucken, und plötzlich senkten sie die Köpfe wieder und erinnerten sich daran, dass Horst Böckel tot war.

„Die Pädagogikstudentinnen, die dabei waren, wer hat sie ausgewählt und eingeladen?" Angela war sich bewusst, dass die Frage etwas naiv war, und die Reaktion der jungen Männer bestätigte es.

„Der Professor sagte, wir sollten ein paar Frauen mitbringen, und man kennt sich halt. Es gibt keine 'Beziehungen', wenn Sie das meinen." Man konnte die Anführungszeichen direkt hören. „Einfach ein lockerer Abend, ein bisschen Party, wenn Sie wissen, was ich meine."

„Ja, klar. Was war mit Rötheli?"

„Nichts, ausser dass er unter akuter Xenophobie leidet, oder besser gesagt, wir leiden darunter. Alles Fremde ist ihm suspekt, er hasst Ausländer, und ich finde, eine Hochschule kann es sich nicht leisten, jemanden wie ihn zu beschäftigen. Ich heisse Murat Özdemir, und ich weiss, wovon ich rede."

Ein anderer Student ergänzte: „Und Professor Böckel wusste es auch, obwohl er sich nicht viel daraus machte.

Sie gingen einander aus dem Weg, wo es möglich war."

Angela schaute auf die Uhr und nahm eine Visitenkarte aus ihrer Jackentasche. „Ich muss mich gleich auf den Weg machen. Könnten Sie mir die Namen und Telefonnummern der Studentinnen mailen, die an der Party dabei waren? Und rufen Sie mich unbedingt an, wenn Ihnen noch etwas einfällt, oder wenn Fido auftaucht."

15

Eine ziemlich magere Ausbeute für einen ganzen Tag Arbeit von drei qualifizierten Ermittlern, fand Gody Kyburz, nachdem er über die Resultate informiert worden war. Es musste doch ausser einem weit herum bekannten Fremdenfeind noch andere Personen geben, denen Horst Böckel in die Quere gekommen war. „Hatte er Schulden? Drogen, Spielschulden, Erpressung? Wie steht es um seine Bankkonten? Was ist mit diesem Roboter? Vielleicht müssen die deutschen Kollegen tiefer in seiner Vergangenheit graben, möglicherweise handelt es sich um eine alte Geschichte."

Nick hakte ein. „Ich glaube, du musst den Polizeikommandanten von Waldshut anrufen und ihn um mehr Kooperation bitten. Kollege Priess will das Heft in der Hand behalten und tut überhaupt nicht das, was wir gerne hätten. Ich will zwei Dinge: erstens mit dem Bruder reden, und zweitens das Haus durchsuchen, und zwar ohne Priess. Wenn wir aus juristischen Gründen nicht ohne die deutsche Polizei ermitteln dürfen, dann soll der Chef wenigstens jemanden schicken, mit dem man arbeiten kann."

„Oder er soll Priess zur Zusammenarbeit zwingen"; sagte Pino, worauf Angela murmelte, darauf könne man lange warten, worauf Pino etwas von 'Fremdenfeindlichkeit, nur umgekehrt' flüsterte.

Gody warf einen genervten Blick zu den beiden. „Kindergarten. Gut, ich werde den Kollegen von Waldshut heute noch anrufen. Aber dass wir nicht weiterkommen, hat nicht nur damit zu tun. Was sagen Rechtsmedizin und Kriminaltechnik?"

Urs Meierhans räusperte sich und schob seine Papiere zusammen. „Colin McAdam von der Rechtsmedizin hat eine Sitzung mit der Spitalleitung und kann nicht hier sein. Er hat seine vorläufigen Resultate zusammengefasst und wir haben sie kurz am Telefon besprochen. Ganz wichtig: wir gehen von zwei Mördern aus. Böckel wurde durch einen Schlag an den Hals betäubt, anschliessend an den Händen gefesselt und mit der Halsschlinge versehen, dann von zwei Personen über die Brüstung gehoben. Zwei Personen, weil die Blutergüsse an der linken und rechten Seite nicht symmetrisch sind, Colin nennt es vierhändig. Böckel war zeitweise bei Bewusstsein, er muss einige Minuten gelitten haben, aber er hatte keine Chance, die Schlinge zu lösen. Er starb zwischen halb eins und zwei Uhr am Sonntagmorgen, genauer gehts nicht. Soweit Colin."

Er ordnete seine Papiere. „Meine eigenen Ergebnisse sind leider auch nicht spektakulär: wir haben einen Schuhabdruck, Adidas Laufschuh Grösse 45, neu und ohne Abnützung. Es ist sinnlos, danach zu suchen, bevor wir einen Verdächtigen haben. Was die Schuhe des Opfers anbelangt, dachten wir zuerst, er habe sie beim Strampeln im Todeskampf verloren, aber sie lagen zu nahe beieinander und waren halb zugedeckt mit Schutt, zudem fanden wir seine Geldbörse, allerdings ohne Bargeld, am selben Ort. Das ist ein Detail, das nicht zur professionellen Ausführung dieses Mords passt; ein Profi hätte beides in der Aare oder woanders entsorgt. Auf dem Portemonnaie haben wir einen halben Daumenabdruck gefunden, den wir aber bis jetzt nicht identifizieren konnten. Das Seil ist wie gesagt gebraucht, wir wissen, welche Firmen solche Stricke herstellen und wer sie verkauft. Es kann sein, dass wir an unserem Stück noch winzige Spuren finden, zum Beispiel tierische DNS, womit wir den ursprünglichen Gebrauch eingrenzen könnten. Bis jetzt ist damit allerdings Fehlanzeige." Urs hob beide Hände in einer entschuldigenden Geste. „Wir arbeiten morgen weiter, mit besseren Resultaten, hoffe ich."

„Die Bank gibt ohne Anweisung der Staatsanwaltschaft keine Auskunft", sagte Pino. „Cécile Dumont kümmert sich darum, aber nicht mehr heute. Wir wissen auch nicht, ob Böckel zusätzlich zu seinem Privatkonto bei der Kantonalbank noch andere Bankverbindungen hatte, vor allem in Deutschland. Danach müssen wir in seiner Wohnung suchen können, ob mit oder ohne Priess; es muss dort Hinweise geben auf seine finanzielle und private Situation." Er machte eine Pause, verschränkte die Hände hinter dem Kopf und lächelte breit. „Falls wir behindert werden sollten, finden wir andere Wege."

„Nein, Beltrametti, und nochmals nein. Keine Alleingänge, keine illegalen Aktionen, alles wird mit Nick abgesprochen. Ist das ein für alle Mal klar?!" Gody war aufgesprungen und schlug mit der flachen Hand auf den Tisch. „Wir können uns keine Fehler leisten, schon gar nicht bei der grenzüberschreitenden Zusammenarbeit. Die deutschen Politiker und die Presse würden uns mehrere Stricke daraus drehen, und die verbale Kavallerie wäre bald einmal Richtung Aarau unterwegs."

Pino hob die Hände. „Schon gut, Chef, ich will damit nur sagen, dass Höflichkeit gegenüber den deutschen Kollegen nicht Priorität eins sein darf."

„Apropos Presse", sagte Nick, „hast du mit Schwager gesprochen, Gody?"

„Er hat wie alle anderen unser Communiqué erhalten und gleich versucht, uns weitere Details zu entlocken. Er wurde vertröstet und musste sich damit zufriedengeben. Morgen erwartet er natürlich mehr, aber auch er ist nicht erste Priorität." Gody rieb sich die Augen und schaute auf die Uhr. „Ich gehe jetzt nach Hause, es ist schon spät. Lasst euch etwas einfallen bis morgen." Er schloss die Tür hinter sich.

Es wird Zeit, dass der neue Kommandant seinen

Posten übernimmt, dachte Nick, unser Chef wirkt müde und überlastet. Hoffentlich hält er durch.

Sie verabschiedeten sich und gingen nach Hause, aber die Gedanken an das schlimme Ende von Horst Böckel blieben. Erst als sie alle eine SMS von Pedroni erhielten, entspannten sie sich ein wenig: 'Habe einen Zeugen, bringe ihn morgen um halb acht bei Ihnen vorbei.'

16

„Sie waren zu dritt, gingen eingehakt und schienen ziemlich besoffen zu sein, jedenfalls lallten sie und sangen laut und falsch. Im Mausloch hört man das natürlich besonders gut." Anton Wettstein, ein etwa fünfzigjähriger Schreiner aus Windisch, bedankte sich für den Kaffee, den ihm Angela servierte. Er war in der Nacht auf Sonntag um halb eins mit dem Zug von Zürich angekommen und hatte das Trio auf dem Heimweg zu Fuss überholt. „Der Mann in der Mitte war kleiner als seine Begleiter, aber ich habe ehrlich gesagt nicht so genau hingeschaut. Ich hatte keine Lust, angepöbelt zu werden."

„Konnten Sie sehen, woher die drei kamen?"

„Ich vermute vom Neumarkt, aber ich kam die Treppe herunter von Gleis zwei und sah nur, dass sie Richtung Windisch gingen. Sie könnten sich auch im Kreis gedreht haben, so betrunken wie sie waren. Keine Ahnung."

Nick trank aus seiner Kaffeetasse. Er hatte sich bei Kevin Pedroni sehr bedankt und ihn trotzdem gebeten, draussen zu warten, was den jungen Polizisten sichtlich enttäuschte. „Herr Wettstein, können Sie sich erinnern, was die Männer sangen?"

„Ja, das kann ich, Herr Baumgarten. Ich war früher bei der SP, und da kennt jedes Kind die 'Internationale'. *Völker, hört die Signale* ...", summte er vor sich hin. „Ich bin allerdings nicht sicher, ob die drei Betrunkenen den Text sangen, aber die Melodie war es auf jeden Fall. Normalerweise sind es Jusos, die das Lied singen, aber dafür waren sie definitiv zu alt."

„Ich dachte, Sie hätten nicht genau hingesehen?" warf Angela ein. „Wie alt waren die Männer denn?"

„Die Gesichter habe ich nicht gesehen, aber die Stimmen, die Staturen und die Anzüge passten nicht zu jungen Menschen. Jedenfalls war das mein Eindruck, aber ich kann nicht sicher sein."

Angela wollte etwas sagen, aber Nick schüttelte den Kopf und bedeutete ihr zu schweigen. „Dafür habe ich Verständnis, Herr Wettstein, Sie wussten ja nicht, dass Ihre Beobachtungen wichtig sein könnten. Gibt es noch etwas, das wir wissen müssten?"

„Ich glaube nicht. Wie gesagt, ich habe die drei kurz vor der Treppe auf der Windischer Seite überholt und ging direkt nach Hause. Ich kann Ihnen leider nicht mehr sagen."

„Danke, dass Sie sich gemeldet haben. Ich gebe Ihnen meine Karte, Sie können mich jederzeit anrufen. Es kommt vor, dass man sich plötzlich noch an weitere Details erinnert, wenn man sich die Szene nochmals durch den Kopf gehen lässt. Auf Wiedersehen, Herr Wettstein, unser Kollege wird Sie nach Brugg bringen."

„Nicht nötig, ich bin mit dem eigenen Wagen gefahren. Auf Wiedersehen."

Aha, dachte Nick, Pedroni ist wirklich ein eifriger junger Mann. Lässt den wichtigen Zeugen freundlicherweise allein fahren, begleitet ihn aber mit einem Polizeifahrzeug. Laut sagte er: „Angela, hol Pino und Pedroni, wir machen eine kurze Besprechung."

„Mit Kevin, mit allen Details?" fragte sie erstaunt und ging, um ihre Kollegen aufzutreiben.

Als sie zu viert am runden Tisch sassen, fixierte Nick Pedroni. „Erstens möchte ich festhalten, dass Sie uns bisher gute Dienste geleistet haben, Kollege. Zweitens, und das ist sehr wichtig, Sie sind immer noch der Kapo Nord zugeteilt und nicht uns. Drittens, noch wichtiger, Sie reden mit niemandem über unseren Fall, ausser ich erlaube es. Klar?"

„Klar."

„Also, der Zeuge bestätigt die Theorie von zwei

kräftigen Typen, die den weniger gut gebauten Böckel überwältigten. Sie könnten so getan haben, als wären sie alle betrunken, um die Passanten zu täuschen. Die 'Internationale' ist genau das, ein international bekanntes Lied, das in verschiedenen Sprachen gesungen wird. Wenn drei erwachsene Männer laut grölen, kann niemand Stimmen oder Worte wirklich unterscheiden."

„Röthelis Schergen waren es kaum", warf Pino ein, „die Schläger aus der rechten Szene würden sich eher die Zunge abbeissen als die 'Internationale' zu singen."

„Und", gab Angela zu Bedenken, „es können drei beliebige Männer gewesen sein, die mit unserem Fall nicht das Geringste zu tun haben."

„Aber in irgendeinem Lokal müssen sie getrunken haben. Ich bin ja schon auf der Suche nach Böckels Abendessen, und da kann ich auch gleich nach den anderen beiden fragen, diskret natürlich." Pedroni zögerte. „Mein Chef sagt, ich dürfe für Sie arbeiten, aber sobald er mich brauche, müsse ich sofort auf der Matte stehen. Ist das in Ordnung?"

„Ja, ist gut. Dann ab auf die Beizentour mit Ihnen, und machen Sie Tempo. Die ganze Sache dauert mir zu lang."

Nachdem Pedroni gegangen war, fasste Nick zusammen. „Ausser den drei Betrunkenen haben wir bis jetzt gar nichts. Priess hat mit Franz Böckel gesprochen, aber der weiss anscheinend wenig über das Leben seines Bruders, jedenfalls ist das der Unterton des Protokolls. Ich kann mir aber nur schwer vorstellen, dass man im selben Haus wohnt und nichts mitbekommt. Wir werden nochmals mit der Familie Böckel reden, Kinder und Frauen sind manchmal die besseren Beobachter. Rötheli und seine Frau fallen weg, das Alibi ist in Ordnung."

„Als Auftraggeber kommt er aber immer noch in Frage", wandte Angela ein, „er hat das stärkste Motiv. Das Alibi ist mir etwas zu glatt, es könnte alles arrangiert sein. Und wir haben seine Frau noch nicht befragt." Sie schrieb den Namen auf die weisse Tafel, auf der sie wie üblich alle Daten, Namen und Fakten sammelte. „Fido das Roboterhündchen macht mir Sorgen." Mit raschen Strichen zeichnete sie einen Hund. „Wir müssen ihn finden, idealerweise mit der Hilfe der Studenten, die am Projekt beteiligt sind."

„Ich habe so ein Gefühl", sagte Pino, dessen Füsse auf seinem Schreibtisch lagen, „dass die Sache mit Böckels Privatleben zusammenhängt, nicht mit der Hochschule. Wir sollten uns darauf konzentrieren, was er in der Freizeit getrieben hat. Ich will auch wissen, wo er früher gearbeitet und gewohnt hat. Berbet oder die Personalabteilung haben sicher seine Bewerbungsunterlagen mit Lebenslauf, die hole ich mir."

„In Ordnung", bestätigte Nick, „dann haben wir ja die Aufgabenteilung für heute. Angela beschäftigt sich mit dem Umfeld an der Fachhochschule, inklusive Fido, Pädagogikstudentinnen und Frau Rötheli. Pino, du gräbst im Privatleben und in den Finanzen, und du versuchst mit Pedroni, den Samstagabend zu rekonstruieren. Ich fahre nach Küssaburg, offiziell und via Waldshut natürlich. Der dortige Polizeipräsident hat Gody Unterstützung zugesichert, und die hole ich mir. Wir bleiben in Kontakt und tauschen Resultate sofort aus. Ich will, dass wir heute Abend einen grossen Schritt näher an der Lösung sind."

„Was ist mit der Rechtsmedizin? Hast du schon einen definitiven Bericht gesehen?" Angela schaute Nick fragend an. „Nein? Dann rufe ich nachher an, vielleicht ergibt sich etwas Neues." Oder ein kleiner Flirt mit Colin MacAdam.

„O.k., alle wissen, was zu tun ist. Abflug."

17

„Heute bin ich gar nicht gut, ich kippe gleich um", japste Marina Manz und verkleinerte den Widerstand auf dem Crosstrainer.

Auf dem Laufband daneben joggte Maggie Truninger und lachte. „Nicht aufgeben, wir haben erst die Hälfte! Das ist dein erstes Tief; wenn du es überwindest, gehts nachher ganz von selbst." Wie zum Beweis erhöhte sie die Geschwindigkeit und trabte locker weiter.

Marina gab sich einen Ruck. Sie hatte beschlossen, ein paar Pfunde abzunehmen und beweglicher und fitter zu werden, aber es fiel ihr echt schwer. Churchills Motto 'no sports' entsprach ihr sehr, und wenn es nicht um die Gesundheit in der zweiten Lebenshälfte ginge, hätte sie nie einen Fuss in ein Fitnesscenter gesetzt. Nur dank Maggie war sie hier, und weil sie sich regelmässig am Dienstag- und Freitagmorgen verabredeten, fühlte sie sich verpflichtet. Und nicht nur das: ihre Körperhaltung hatte sich verändert, es hatten sich Muskeln gebildet, zum Beispiel an den Beinen.

Nach einer Stunde Folter und einer halben Stunde duschen, eincremen und schminken setzten sich die beiden Freundinnen an die Bar und bestellten Kaffee. Im Vergleich zu früher waren die Vorzeichen umgekehrt: jetzt hatte Marina Zeit und Maggie war unter Termindruck. Ihre Fähigkeiten als Innendekorateurin hatten sich herumgesprochen, und das kleine Unternehmen war äusserst erfolgreich. Keine Spur mehr von einer Witwe mit finanziellen Sorgen; das Einkommen reichte auch für die private Tagesschule, die ihre zwölfjährige Tochter Selma besuchte.

„Ich bin um zehn Uhr verabredet", sagte sie, „ich soll eine Neubauwohnung von A bis Z einrichten. Jetzt treffe ich mich zum dritten Mal mit dem Paar, und ich weiss noch immer nicht, was sie wollen. Sie widersprechen sich gegenseitig, und wenn ich einen Vorschlag mache, verbünden sie sich gegen mich. Wenn sie sich heute nicht über den Bodenbelag und die Wandfarben einigen, ziehe ich mich zurück. Ich habe keine Nerven für solche Spielchen." Sie schüttelte den Kopf. „Am liebsten wäre mir, wenn sie sich auf ihren eigenen Geschmack verlassen und einfach die Stücke kaufen würden, die ihnen gefallen."

„Warum haben sie dich engagiert?"

„Weil es im Trend liegt und Status verleiht. Man hält sich einen Interior Designer und hofft, damit bei Freunden und Bekannten zu punkten, oder die Journalisten und Fotografen von Wohnmagazinen anzulocken. Das Ziel ist ein bisschen Prominenz, wenn auch nur in der eigenen Firma, oder in der feinen Aarauer Gesellschaft." Sie trank ihren Kaffee und schaute auf die Uhr.

„Sei nicht so gestresst, du hast noch ein paar Minuten", sagte Marina. „Ich weiss, wie solche Menschen einem das Leben schwer machen können. Es sind nur wenige, aber sie beschäftigen einen zu achtzig Prozent. Man muss höflich bleiben, weil man sonst dem eignen Ruf schadet, aber man könnte schreien vor Frustration. Versuchs doch mal mit autoritärem Verhalten, das hilft manchmal."

„Nein, das geht nicht, sie sind es, die entscheiden."

„Vielleicht, aber vielleicht haben sie dich auch deswegen engagiert, damit sie nicht entscheiden müssen. Sag einfach klar und deutlich, welcher Boden deines Erachtens zum Gebäude und zur Wohnung passt, dann werden sie entweder zahm oder sie wehren sich und entscheiden anders. In beiden Fällen hast du gewonnen." Marina trank ihren Kaffee aus und stand auf. „Soviel zur Weisheit des Tages, entschuldige. Sehen wir uns am Freitag, übliche Zeit?"

„Schon gut, deine Tipps sind meistens richtig. Am Freitag kann ich nicht, Selma hat frei und Andrew kommt. Habt ihr am Samstag oder Sonntag Zeit für ein Nachtessen bei uns?"

„Ich schon, und mein Kommissar wirds auch richten können. Ich frage ihn und gebe dir Bescheid."

Marina schulterte den Sportrucksack und machte sich auf den Weg in die Altstadt. Beim Bäcker am Aargauerplatz liess sie sich ein frisches Pain paillasse einpacken und vermied es, für ihre Kolleginnen im Kosmetikinstitut Croissants zu kaufen, denn auch sie kämpften mit dem Gewicht. Aber noch ein anderer Kampf schien im Gang zu sein: Nicole hatte sie heute früh um ein Gespräch gebeten, sie stecke persönlich in einer schwierigen Situation und brauche Unterstützung. Seit der Übernahme des Geschäfts durch Nicole Scherer und ihre Freundin Kathrin Blaser war noch nie ein solcher Hilferuf ertönt, es musste etwas Ernsthaftes sein.

Als sie an der Rathausgasse die Tür öffnete und die Treppe in den ersten Stock nahm, freute sie sich richtig. Früher war sie gezwungen, jeden Tag hierher kommen, heute waren ihre Besuche selten und freiwillig. Der Eingang zum Institut sah immer noch gleich aus: helle Grüntöne, angenehmes aber gutes Licht aus Deckenspots, eine Bodenvase mit frischen Ästen, die bald blühen würden.

„Hallo", rief sie leise und hängte ihre Jacke auf.

„Komme gleich", tönte es aus einem der zwei Behandlungsräume, die mit leichten Vorhängen gegen den Korridor abgegrenzt waren. Wie Marina selbst hatten auch Nicole und Kathrin der Versuchung widerstanden, ein Solarium oder eine Wellnessabteilung einzuführen; sie konzentrierten sich auf ihre Kernkompetenz und boten ausschliesslich Gesichtsbehandlungen an. Kathrin Blaser hatte zusätzlich eine Ausbildung als Maskenbildnerin, die sie bei Theater- und Opernproduktionen in der Umgebung zur begehrten Mitarbeiterin machte.

„Ach, Frau Manz, wie schön Sie zu sehen." Eine langjährige Kundin kam aus der Kabine, gefolgt von Nicole. „Haben Sie Heimweh?"

Marina lachte. „Nur ganz selten, Frau Schwerzmann, und dann komme ich für ein Stündchen hierher. Sie sehen gut aus, Ihre neue Frisur gefällt mir sehr." Es war diese Aufmerksamkeit für die eigene Erscheinung, die die Kundinnen an Marina schätzten: nach einem Besuch bei der Kosmetikerin fühlte man sich schöner, egal in welchem Alter.

Frau Schwerzmann lächelte, bezahlte und liess ein Fünffrankenstück in das Sparschwein neben der Kasse gleiten. „Ich bin immer noch sehr zufrieden, Sie haben eine gute Wahl getroffen mit Ihren Nachfolgerinnen. Auf Wiedersehen!"

Marina wandte sich an Nicole. „Weisst du noch, wie unsere Lehrtochter Frau Schwerzmann sagte, bei ihr nütze auch die beste Kosmetik nichts mehr?"

Nicole lachte. „Ich bin froh, dass sie uns trotzdem als Kundin erhalten geblieben ist. Sabrina, die neue Lernende, ist viel höflicher, dafür aber eher langsam und manchmal etwas schwer von Begriff." Sie seufzte. „Aber das ist nicht mein Hauptproblem. Ich habe dich angerufen, weil ich mir um Kathrin Sorgen mache. Sie hat zu Hause eine Situation, die sie überfordert, glaube ich."

„Erzähl."

„Du weisst, dass sie mit einem Mexikaner zusammen ist, Diego heisst er. Sie war verliebt und hat ihn meines Erachtens überstürzt geheiratet, damit er bleiben konnte. Dann kam das Kind und jetzt ist die Realität eingekehrt: sie arbeitet viel, er kann angeblich keine Stelle finden und lässt sich aushalten. Trotzdem ist er nie zu Hause, und jetzt hat Kathrin seit ein paar Wochen das Gefühl, er sei in illegale Geschäfte verwickelt. Sie konfrontierte ihn damit und bat ihn zum hundertsten Mal eine Stelle anzunehmen; sie suchte schon mehrmals für ihn und hätte auch Jobs gefunden, für die er keine spezielle Ausbildung braucht. Aber er schrie sie an, sie solle sich nicht einmischen, er werde sicher nicht bei Aldi Regale auffüllen, nur damit ihre schweizerische Vorstellung einer Familie befriedigt sei. Vor ein paar Tagen kündigte sie nun an, zur Polizei zu gehen, worauf er ihr ein blaues Auge verpasste und drohte, das Kind nach Mexiko zu bringen. Sie steckt in der Falle und ist mit den Nerven völlig am Ende." Nicole seufzte tief. „Natürlich wirkt sich das auch auf die Arbeit aus, und deshalb muss ich etwas tun. Aber was?"

Marina überlegte. Private Konflikte wie der von Kathrin liessen sich nur von den Beteiligten lösen, allenfalls mit Hilfe von aussen. „Wenn die Konzentration von Kathrin leidet, und damit die Qualität ihrer Arbeit, dann musst du aus dieser Warte argumentieren. Ihr seid Geschäftspartnerinnen, und du kannst dir eine Rufschädigung nicht leisten, sonst bist du ganz rasch weg vom Fenster, bei dieser Konkurrenz. Vielleicht hört sie dir ja zu und tut etwas. Aber auf die Beziehung zu Diego kannst du kaum Einfluss nehmen, und schon gar nicht darauf, was er den ganzen Tag treibt."

„Ich weiss, ich weiss. Was die Arbeit angeht, finden wir eine Lösung; ich glaube, sie versteht, dass sie sich darauf konzentrieren muss. Aber ich möchte ihr trotzdem helfen. Könntest du nicht deinen Mann fragen, was die Polizei in einem solchen Fall rät?"

„Das kann ich dir ziemlich genau sagen, Nicole. Solange es sich um Vermutungen handelt, dazu noch aus zweiter Hand, kann niemand eingreifen. Nick wird Kathrin raten, Beweise zu sammeln und selbst auszusagen gegen ihren Mann. Und das ist viel verlangt, das weisst du."

Sie hörten Stimmen im Treppenhaus, zwei Männer.

„Du hast vermutlich recht, Marina, aber kannst du ihn nicht trotzdem fragen, bitte? – Guten Tag, Herr Bucher. Bitte gehen Sie in die erste Kabine, ich komme gleich."

„Ja, ich frage ihn." Marina flüsterte. „Gut aussehender Mann, dein Kunde. Ciao, bis bald." Sie trat ins Treppenhaus und schaute nach oben. „Grüezi Herr Hivatal, ich habe Ihre Stimme gehört. Geht es Ihnen gut?"

Der weisshaarige Mann beugte sich übers Geländer. „Ah, Frau Manz, wie schön. Ja, mir geht es gut, Ihnen auch? Sie sehen blendend aus, sehr entspannt." Dr. Hivatal war der Neurologe, der über lange Jahre Marinas Migräne behandelt hatte. Er war es auch, der ihr riet, weniger zu arbeiten und endlich ihren Kommissar zu heiraten, damit würden Intensität und Häufigkeit der Kopfschmerzattacken garantiert abnehmen. Dass er selbst Mitte siebzig war und keinesfalls daran dachte, seine Praxis aufzugeben, war etwas völlig anderes.

„Es geht mir ausgezeichnet, danke. Bis bald!" Beschwingt ging sie die Treppe hinunter. Es war unfair gegenüber Nicole, aber sie freute sich diebisch, dass sie die Probleme im Institut nicht mehr selber lösen musste.

18

Am frühen Dienstagmorgen fanden Murat Özdemir und seine drei Mitstudenten im Hundekäfig ihres Labors ein Blatt Papier mit einem kurzen gedruckten Text: *Fido ist in die ewigen Jagdgründe eingegangen, wie sein Vater. RIP.* Sie riefen Angela an, die sie bat, das Papier möglichst nicht anzufassen und auf sie zu warten. Intuitiv dachte sie an Böckels Büro und die leere Werkbank, während sie zum Campus fuhr. Sie nahm das Papier von den Studenten entgegen und steckte es ohne grosse Hoffnung auf Spuren in eine Plastiktüte, dann gingen sie zu viert zu Böckels Büro, wo sie wie angewurzelt stehen blieben. Vor der Tür lagen drei rote Rosen, und es brannte eine Kerze.

„Das ist ja wie bei Lady Di", entfuhr es Roger Bösiger, „er muss also doch eine Verehrerin gehabt haben."

Angela sah, wie sich John Fischer und Patrick Simmen einen Blick zuwarfen. „Wer?" fragte sie in scharfem Ton. „Raus damit, meine Herren, es könnte wichtig sein."

Murat Özdemir räusperte sich und hielt Angela einen Zettel hin. „Hier ist die Liste der PH-Studentinnen, die Sie verlangt haben. Sophie Alvarez ist eine davon, sie war vielleicht ein bisschen verliebt in Professor Böckel." Er schaute zur Tür. „Können wir jetzt Fido suchen?"

„Einverstanden, aber über Sophie reden wir nachher noch." Angela schloss die Tür auf, und dann starrten sie alle auf das grosse, urnenartige Gefäss auf der Werkbank. Mit Handschuhen öffnete Angela den Deckel und leerte den Inhalt sorgfältig auf den Arbeitstisch. Das Hundegesicht mit der roten Kugelnase und den Spitzohren war noch erkennbar, alles andere war fein säuberlich in Einzelteile zerlegt. Mit trüber Miene betrachteten sie das

Häufchen von Metallteilen, Schrauben und Platinen, das einmal Fido gewesen war.

„Scheisse", sagte John Fischer und setzte sich.

„Wer immer das getan hat, ich bringe ihn um", sagte Roger Bösiger.

„Alles für die Katz", sagte Patrick Simmen.

„Vielleicht können wir ihn wieder flicken", sagte Murat Özdemir.

Angela nahm das Telefon von Böckels Schreibtisch und wählte. „Guten Tag, Herr Berbet, hier spricht Angela Kaufmann von der Kantonspolizei. Ich bin mit ein paar Studenten im Büro von Horst Böckel, und ich glaube, Sie sollten hierherkommen. – Ja, bitte, es wird nicht sehr lange dauern. Danke." Sie wandte sich wieder an die jungen Männer. „Herr Berbet kommt in ein paar Minuten, dann sehen wir, was weiter geschieht. Vorher aber nochmals meine Frage: was war mit Sophie Alvarez und Horst Böckel? Hatten sie eine Affäre?"

Sie verneinten, alle vier. „Er hielt sich strikte an die Regeln und fing nie etwas mit einer Studentin an", sagte Patrick Simmen, „aber es gab schon die eine oder andere, die es bei ihm versuchte. Er sagte immer, er lehne solche Angebote freundlich aber bestimmt ab, er könne sich keinen Fehltritt leisten."

„Und Sophie?"

„Sophie", sagte John Fischer und verschränkte die Arme, „Sophie ist ein spezieller Fall. Wenn sie sich etwas in den Kopf gesetzt hat, lässt sie nicht locker. Sie ist attraktiv und clever, und sie hängt sich wie eine Klette an den Mann, den sie sich aussucht. Ein Nein versteht sie nicht."

Angela hob die Augenbrauen. „Sie waren auch schon in dieser Rolle, nehme ich an."

Fischer nickte. „Ist aber schon eine Weile her. Jedenfalls war Professor Böckel das neuste Opfer. Erst fühlte er sich geschmeichelt, aber ich glaube, in letzter Zeit ging sie ihm auf den Keks."

„Sie sieht wirklich gut aus, müssen Sie wissen", bemerkte Murat Özdemir, „ich bin nicht sicher, ob ich widerstehen könnte." Er grinste. „Aber ich habe wohl keine Chance."

„Ich habe nichts davon mitbekommen, ehrlich. Seid ihr ganz sicher?" Roger Bösiger schüttelte den Kopf. „An der Party hat sie doch mit allen getanzt und geflirtet, nicht nur mit dem Professor."

Patrick Simmen klopfte ihm auf die Schulter und lachte. „Schon gut, du bist eben ein echter Ingenieur, du siehst nur die Fakten und ignorierst die Emotionen."

„Also bitte, Herr Simmen, das ist eine etwas zu einfache Definition eines Ingenieurs. Als Masterstudent müssten Sie etwas differenzierter argumentieren." Antoine Berbet war eingetreten und begrüsste die Gruppe. „Frau Kaufmann, Sie haben mich hergebeten. Was kann ich für Sie tun?"

Angela wies mit der Hand auf die Werkbank, und Berbet wusste sofort, worum es ging. „Sie haben also Fido gefunden, oder das, was von ihm übrig ist." Er betrachtete die Teile, fasste aber auf Anweisung von Angela nichts an. „Glauben Sie, dass diese Geschichte mit dem Mord zusammenhängt?"

„Wir wissen es nicht. Was glauben Sie?" Sie bezog auch die Studenten ein. „Können Sie sich vorstellen, dass jemand wegen dieses Projekts einen Mord begeht? Ist oder war das Konzept des Roboters neu oder revolutionär? Könnte es sich um eine Art Industriespionage handeln?"

Die vier schüttelten einhellig den Kopf. „Dann wäre Fido einfach verschwunden und nicht zerstört worden." Bösiger erklärte, der Hund sei zwar für den Ruf der Fachhochschule wichtig, aber an der ETH und an der

Uni sei man schon wesentlich weiter in der Entwicklung von Robotern. „Bei uns geht es darum, die technischen Innovationen in die Praxis zu übertragen, wir arbeiten eng mit der Industrie zusammen. Die Idee bei Fido ist die, dass man eine lernfähige Maschine baut. Sie muss nicht immer wieder neu programmiert werden, sondern lernt aus den eigenen Erfahrungen, wie ein Kind."

„Gut, aber wäre das nicht auch ein Grund für Spionage?" fragte Angela.

Berbet warf den Studenten einen Blick zu und antwortete: „Im Prinzip ja, aber Fido hatte noch nicht die Fähigkeiten, die wir uns als Ziel gesetzt hatten. Professor Böckel und seine Gruppe stiessen auf Schwierigkeiten in der Konstruktion, die das Projekt verlangsamten." Er blickte auf die Werkbank. „Und jetzt müssen wir ja wohl zurück auf Feld eins."

„Aber aufgeben kommt nicht in Frage, nicht wahr? Wie seht ihr das?" Özdemir schaute seine Kommilitonen an. „Wir haben alle Pläne und Zahlen, wir können Fido den Zweiten vielleicht sogar schneller und besser bauen als diesen hier."

„Darüber müssen wir uns dringend unterhalten, meine Herren, auch über die Betreuung für Ihre Masterarbeit. Leider habe ich jetzt gerade keine Zeit, aber machen Sie doch einen Termin mit meiner Sekretärin. Wir lösen das."

„Wir lösen das", äffte Fischer den Abteilungsleiter nach, als dieser gegangen war. „Immer diese nichtssagenden Sprüche und Durchhalteparolen. Böckel war ganz anders, der stand mit beiden Füssen auf dem Boden der Realität." Die andern schauten ihn mit grossen Augen an, bis er realisierte, was er gesagt hatte. Pietätlos prusteten sie los und verschafften sich so die nötige Erleichterung.

Bösiger verstand nicht genau, worüber gelacht wurde,

aber er wusste, wie sie am besten mit Berbet umgingen. „Wir müssen ihm einen pfannenfertigen Vorschlag auf den Tisch legen, den er akzeptieren kann, ich habe auch schon eine Idee. Er wird froh sein, wenn er das Problem von seiner to-do-Liste streichen kann. Und Sie, Frau Kaufmann, untersuchen Sie neben dem Mord an unserem Professor jetzt auch noch die Entführung und Zerlegung von Fido?"

„Wenn es Ihnen recht ist, nehme ich die Überreste mit und lasse sie in unserem Labor untersuchen, ebenso wie den Brief. Falls er oder sie wider Erwarten Fingerabdrücke hinterlassen hat beim Zerlegen von Fido, dann hat die Person höchstens indirekt etwas mit dem Mord an Horst Böckel zu tun. Sein Mörder war ein absoluter Profi, und die tragen immer Handschuhe. – Gut, das wars für heute." Sie zögerte, aber intuitiv vertraute sie den vier jungen Männern. „Ich bitte Sie, unsere Besprechung für sich zu behalten. Und bitte, denken Sie nochmals intensiv über Professor Böckel nach, sein Verhalten, seine Kontakte, seine Konflikte in den letzten paar Wochen. Vielleicht wissen Sie etwas, ohne es zu wissen. Viel Glück mit Fido zwei."

19

„Nein, er hatte keine Geldprobleme. Er verdiente gut und lebte relativ bescheiden."

Franz Böckel sass mit Nick Baumgarten und Helga Wenk, einer Polizeiobermeisterin aus Waldshut, in der Küche seines Hausteils. Er hatte Kaffee gemacht, aber seine Tasse stand unberührt vor ihm. Er wirkte übernächtigt und deprimiert; der Tod seines Bruders schien ihm nahezugehen.

„Wissen Sie, ob er grössere Schulden hatte, bei einer Bank oder einer Privatperson?"

„Nee, ich glaube nicht, aber sicher bin ich nicht. Wie ich schon Ihrem Kollegen sagte, ich weiss praktisch nichts über das Privatleben von Horst. Wir wohnen zwar im gleichen Haus, aber weder er noch ich sind sehr gesprächig. Auch meine Frau hat mir nie etwas erzählt, obwohl sie ihn öfter sieht als ich. Die Kinder sind häufig bei ihm, er nimmt sich Zeit für sie und spielt mit ihnen. Oder spielte, muss ich jetzt sagen. Ich weiss noch gar nicht, wie ich es ihnen beibringen soll."

„Sind Sie der Eigentümer des Hauses?" fragte Helga Wenk, eine schlanke Fünfzigjährige mit markantem Gesicht und streng nach hinten gebundenen dunklen Haaren.

Böckel schüttelte den Kopf und nahm einen Ordner vom Stuhl neben sich. „Nur die Hälfte gehört mir. Ich habe hier alle Dokumente im Zusammenhang mit der Schenkung meiner Eltern, zu gleichen Teilen an uns beide. Das war vor zehn Jahren. Vorher bauten sie das Haus so um, dass ich mit meiner Familie hier wohnen konnte, und sie in der anderen Hälfte. Mutter starb kurz nach dem Umzug und Vater vor etwa drei Jahren, dann zog Horst ein. Er hatte gerade die Stelle in Brugg bekommen und war glücklich, nicht mehr so weit pendeln zu müssen. Er wohnte in Freiburg damals." Er trank den mittlerweile kalten Kaffee. „Ihre nächste Frage wird sein, wer Horsts Hausteil erbt. Auch das haben meine Eltern damals geregelt, sehen Sie hier. Wenn einer von uns stirbt, fällt sein Anteil an den anderen zurück, ohne Entschädigung für allfällige Erben. So bleibt das Haus als Ganzes so lange wie möglich in der Familie."

„Das bedeutet", sagt Nick, „dass im Fall Ihres Todes Ihre Frau und Ihre Kinder leer ausgegangen wären."

„Theoretisch ja, aber er sagte immer, er würde in diesem Fall gut für sie sorgen. Und nun ist es ja umgekehrt."

„Was heisst, dass Sie und Ihre Familie vom Tod Ihres Bruders profitieren", stellte Helga Wenk freundlich fest. „Um wie viel Geld geht es denn?"

„Das Haus ist unbelastet und auf dem Immobilienmarkt ungefähr eine halbe Million wert. Aber ich habe nicht im Sinn zu verkaufen, es ist mein Zuhause und das meiner Familie." Er hob den Blick von seinen Papieren und schaute die beiden Polizisten an. „Sie sind auf dem falschen Dampfer, glauben Sie mir. Erstens war ich in Italien, und zweitens können Sie noch so lange fragen, Sie werden bei mir kein Motiv finden. Horst hatte seine Macken wie wir alle, manchmal ging er mir auf die Nerven, aber er war mein Bruder."

„Gut, Herr Böckel, wir nehmen das mal so zur Kenntnis. Jetzt würden wir gerne die Wohnung Ihres Bruders durchsuchen, hier ist der Beschluss vom Staatsanwalt." Helga Wenk präsentierte ein Stück Papier, das sie aus der Innentasche ihres Jacketts zog. „Bleiben Sie bitte hier, für den Fall, dass wir Fragen haben."

Franz Böckel nickte. Man kann fast sehen, dachte Nick, wie der Tod von Horst auf seine Schultern drückt. Eine Last, zusammengesetzt aus Unverständnis, Trauer, Ärger über die Polizei und Gedanken an die Zukunft.

„Er wars nicht", konstatierte Helga auf dem Weg von Türe zu Türe. „Eine Viertelmillion ist zwar nicht zu verachten, aber er ist nicht der Typ. Was meinen Sie?"

„Scheint mir auch so. Es sei denn, Franz Böckel habe grosses schauspielerisches Talent."

„Glaub ich nicht. Er ist dumpf, emotionslos, unbeweglich, man könnte fast sagen autistisch. Ein typischer Softwaremensch halt."

„Ein hartes Urteil, Kollegin Wenk, und schnell gefällt." Nick mochte sie, wusste aber auch, wie sehr man sich täuschen konnte.

„In Ihren Augen vielleicht, Kollege Baumgarten, aber ich kenne meine Pappenheimer. Wollen wir?"

Nick liess es dabei bewenden, obwohl er das Gefühl hatte, Franz Böckel habe nicht alles gesagt. Am Schlüsselbund, den sie beim Toten gefunden hatten, hingen noch zwei von insgesamt fünf Schlüsseln, diejenigen für Haus und Briefkasten. Die anderen, für Büro, Aktenschrank und Pultschubladen, hatten Pino und Angela mitgenommen. Nick öffnete die Haustüre und liess Helga den Vortritt. Sie machte einen grossen Schritt über das ausgefranste Handtuch am Boden, das anscheinend als Schmutzschleuse diente, und stellte ihre Tasche auf einen Stuhl.

„Handschuhe", stellte sie fest, „ohne fasse ich in dieser Küche nichts an. Brauchen Sie ein Paar?" Sie wühlte in ihrer Tasche. „Es handelt sich nicht um einen Tatort, also müssen wir nicht allzu vorsichtig sein. Was suchen wir?" Sie blickte sich um und öffnete einen Schrank, aus dem ihr eine Grosspackung Teebeutel entgegen fiel. Es war eine von Dutzenden, alle mit einem signalfarbenen 3-für-2-Kleber. Zwanzig Dosen weisse Bohnen, zehn Gläser Schokoladenstreusel, zwölf Pfund Kaffeepulver; die Schränke waren gefüllt mit Aktionsware. „Sammler und Schnäppchenjäger, unser Horst. So viel Tee hätte er auch in einem langen Leben nicht mehr trinken können." Sie öffnete den Geschirrspüler und hielt sich angewidert die Nase zu. „Halb voll und nicht vorgespült." Einzeln nahm sie Gläser und Tassen heraus, fand aber keine offensichtlichen Spuren wie Lippenstift, und schloss die Tür wieder. Die Arbeits- und Ablageflächen waren vollgestellt mit Töpfen und Pfannen, Vasen, einem Messerblock, leeren Bier- und Weinflaschen, Stapeln von Zeitungen. Die Fenstersimse waren klebrig, und auch der Linoleumboden fühlte sich nicht an, als ob er vor Kurzem geschrubbt worden sei. „Kein Putzfimmel, keine Putzfrau", stellte Helga fest. „Typisch Junggeselle." Als sie Nicks Blick sah, relativierte sie. „Na ja, es gibt Ausnahmen. Aber ich wette, dass hier keine Frau wohnt, zumindest nicht dauernd. Wollen Sie im Badezimmer nachsehen?"

„Tun Sie das bitte, auch im Schlafzimmer. Ich nehme mir den Rest des Erdgeschosses vor, ich suche Bankunterlagen, Briefe, Fotos. Im Grunde interessiert uns alles, was sein Leben betrifft." Er hasste diesen Teil seines Berufs; tröstlich war einzig, dass er schon tot sein würde, sollten seine Kollegen eines Tages in seinen Sachen wühlen müssen.

Die nächsten zwei Stunden verbrachten sie damit, Horst Böckels Haus zu durchsuchen, systematisch und mit Akribie. Helga stellte fest, dass auch im ersten Stock in den Kleider- und Schuhschränken Spuren des Sammlers zu finden waren: Stapel von Hemden, Unterwäsche und Socken in der Originalverpackung, aber auch Dutzende von ausgewaschenen T-Shirts mit aufgedruckten Logos und Slogans. Die fünf dunkelgrauen Anzüge hingen schief an Drahtbügeln aus der Reinigung und unterschieden sich nur durch das Mass an Abnützung. Sie füllte eine Plastiktüte mit dem Inhalt aller Hosen- und Jackentaschen: Euro- und Frankenmünzen, Quittungen,

Einkaufslisten, abgerissene Knöpfe. Die eine Hälfte des Doppelbetts war belegt mit Büchern und Elektronikmagazinen, die Bettdecke auf der anderen Seite war zurückgeschlagen und gab den Blick frei auf ein nicht mehr frisches Spannbettuch. Einen Nachttisch gab es nicht. Im Bad stand eine einsame Zahnbürste, aber der Vorrat im Schrank war gespenstisch, auch der an Zahncreme, Aspirin und Heftpflaster. In der Badewanne lag ein Haufen Schmutzwäsche, und weil der Hahn tropfte, war alles feucht. In der Gesässtasche einer dreckigen Jeans fand Helga wieder eine Einkaufsliste und eine Quittung der Lotterie Euro-Millions, und weil die Flecken auf der Hose seltsam aussahen, packte sie sie ebenfalls ein. Man wusste nie.

Im Erdgeschoss sass Nick auf einem Chefsessel vor dem riesigen alten Doppelschreibtisch, der das Arbeitszimmer praktisch ausfüllte, und schaute sich um. Sein Blick ging hinaus zum Garten, oder vielmehr auf eine unregelmässig gemähte Wiese mit Löwenzahn, Salbei, Margeriten, und mit einem dieser modischen Trampoline für Kinder. Seine Nachbarn hatten auch so ein Ding angeschafft, und das rhythmische Quietschen hatte ihn den ganzen letzten Sommer lang gequält. Langsam drehte er sich und schaute die Bücherregale an, die zwar auch Bücher enthielten, vor allem aber farbige Ordner, Stapel von Kartonmappen, Zeitungen, Zeitschriften, Kabel, Brillen, Bergkristalle, Postkarten. Auf fast allem lag eine sichtbare Staubschicht, und er begann dort zu suchen, wo Horst Böckel am ehesten gearbeitet hatte: im Radius des Drehstuhls. Drucker, Modem und Telefon befanden sich hinter dem Stuhl auf einem niedrigen Schrank mit halb offenen Schiebetüren, die den Blick freigaben auf Unmengen von Papier. Telefonrechnungen, Bankbelege, Stundenpläne, zum Teil in Umschlägen, alles auf gewisse Weise chronologisch geordnet: das Neuste zuoberst.

Nach einer Stunde hatte sich Nick durch die ersten dreissig Zentimeter gearbeitet und nichts Weltbewegendes gefunden, nur Auszüge von zwei Bankkonten in Deutschland und einen wenige Wochen alten Mobilfunkvertrag mit einer deutschen Firma. Obwohl sie Böckels Handy nicht gefunden hatten, was bei Profis auch nicht anders zu erwarten war, konnte Helga Wenk jetzt die Verbindungsliste anfordern und eine Ortung in Auftrag geben. Er drehte sich zurück zum Schreibtisch und begann, ohne viel Hoffnung, die Schubladen zu durchsuchen. Nach ein paar Minuten realisierte er, dass er in den Unterlagen des Vaters von Franz und Horst Böckel wühlte: hier war seit Jahren nichts aufgeräumt oder verändert worden. Vermutlich traf das auch auf den Rest des Arbeitszimmers zu, zumindest auf die Bücher in den Regalen. Umso weniger konnte er sich motivieren, seine Suche fortzusetzen. Er ging nochmals durch den Raum, den Regalen entlang, atmete den Staub ein, liess die Atmosphäre auf sich wirken. Es regte sich nichts, und er wollte gerade aufgeben, als er in der Türe Franz Böckel bemerkte.

„Hier werden Sie nicht viel von Horst finden", sagte er, „das Meiste gehörte unserem Vater. Wir wollten schon lange aufräumen, aber Sie wissen, wie das ist, man hat nie Zeit dafür. Jedenfalls Horst nicht, aufräumen war nie seine Stärke." Er räusperte sich. „Ich wollte Ihnen nur sagen, dass meine Frau mit den Kindern heute Abend zurückkommt, ich hole sie in Basel ab. Sie können morgen mit ihnen reden, wenn Sie wollen."

Nick bedankte sich und fragte dann, wie lange die Bücherregale schon hier stünden und ob Horst an den Möbeln etwas verändert habe. Böckel wies auf einen dunkelbraunen Chesterfield-Sessel und sagte, diesen habe sein Bruder mitgebracht, der alte Lehnstuhl des Vaters sei durchgesessen und abgewetzt gewesen, und sie hätten ihn zerlegt und auf den Müll geworfen. Alles andere sei gleich geblieben. Der Vater habe viel Zeit in diesem Zimmer verbracht, er sei von Beruf Klempner gewesen und habe Interesse an Geschichte gehabt. „Ein grosser Leser, er hätte gern studiert und war glücklich, als wir Brüder diesen Weg wählten." Er ging zum Schreibtisch, öffnete eine der Schubladen und zeigte Nick zwei gerahmte Bilder. „Sehen Sie, hier ist der stolze Vater mit seinem Sohn Horst mit Doktorhut. Und das bin ich mit meinem Diplom. Diese Fotos standen früher auf dem Schreibtisch, direkt im Blickfeld unseres Vaters."

„Und warum blieben sie nicht dort, so wie alles andere?" fragte Nick.

Franz Böckel antwortete mit einem Schulterzucken. „Keine Ahnung. Vielleicht war Horst nicht so stolz auf sich wie unser Papa, oder vielleicht brauchte er auch einfach Platz."

„Wie meinen Sie, nicht so stolz auf sich?"

„Ach, Horst stellte sein Licht unter den Scheffel. Er fand es nicht der Rede wert, zu doktorieren und später zum Professor gewählt zu werden." Er legte die Bilder wieder zurück und ging zur Tür. „Sie melden sich wegen morgen?"

„Ja, ich melde mich, vielen Dank." Es war ihm nicht entgangen, dass Böckels Blick immer wieder zu einem ganz bestimmten Regal gewandert war.

20

Pino drehte den Schlüssel und öffnete gespannt die oberste Schublade des Pults von Professor Böckel. Angela hatte ihn über ihre Gespräche und Resultate informiert, weshalb er sich nicht wunderte, dass das Büro anders roch als am Tag vorher. Vier Studenten, eine Kripofrau und ein Abteilungsleiter hatten sechs verschiedene Düfte hinterlassen, einer davon, Berbet vermutlich, ein eher penetrantes Aftershave. Und plötzlich wehte von der Tür her ein weiteres Parfum, weiblich, mit einer starken Note von Zitrusfrüchten. Er drehte sich um und starrte die junge Frau an, die stehen geblieben war. Ihre exotische Schönheit raubte ihm beinahe den Atem, und es dauerte ein paar Sekunden, bis er sprechen konnte. Sie wartete.

„Beltrametti heisse ich, Kriminalpolizei. Und Sie sind?"

„Sophie Alvarez, Studentin der Pädagogik. Ihre Kollegin hat mich gesucht, und hier bin ich." Ihr Ton war schnippisch und herablassend, wie wenn er ihr dankbar sein müsste.

Pino schluckte und überlegte fieberhaft, ob er Angela anrufen sollte. Er entschied sich dagegen, das Gespräch konnte auch er führen, er wusste Bescheid.

„Setzen Sie sich, Frau Alvarez. Frau Kaufmann ist im Moment beschäftigt. Wir möchten Ihnen ein paar Fragen stellen." Er konnte seine Augen kaum losreissen von ihrer makellosen olivfarbenen Haut, ihrem üppigen tiefschwarzen Haar, das zu einem Zopf geflochten war, und ihren indianisch anmutenden Augen.

„Ja, schon gut. In einer Stunde muss ich im Seminar sein. Was wollen Sie wissen?" Sie setzte sich an den runden Tisch und schaute ihn herausfordernd an.

Jetzt bemerkte er, dass sie dunkle Ringe unter den

Augen hatte, sorgfältig überschminkt, aber immer noch sichtbar. Er entschloss sich für den direkten Weg. „Sie standen Professor Böckel sehr nahe, sagt man. Wie nahe?"

„Das geht Sie nichts an."

„Die Rosen vor der Tür sind von Ihnen, nicht wahr?"

„Kein Kommentar."

„Was wollten Sie von ihm? Beziehungen zwischen Professoren und Studentinnen werden nicht gern gesehen, und abgesehen davon war er viel zu alt für Sie."

„Nicht so alt wie Sie."

Pino stand auf und trat ans Fenster. Sie verwirrte und provozierte ihn, und er musste ihr den Rücken zukehren, um seine Professionalität zu wahren. „Frau Alvarez, das hier ist kein Spiel. Wir versuchen, den Mord an Professor Böckel aufzuklären, und wir sind auf Ihre Hilfe angewiesen. Also, welche Verbindung bestand zwischen Ihnen?"

Sie schwieg. Pino liess einige Sekunden verstreichen, dann drehte er sich um und setzte sich ihr gegenüber. Wieder dieser Zitrusduft, Orange Verte von Hermès, schlagartig erinnerte er sich an eine bestimmte Frau. Und wusste im gleichen Moment, warum er sich so an der Nase herumführen liess. In seinem Blick musste Sophie die Veränderung wahrgenommen haben, denn jetzt begann sie zu sprechen.

„Wir liebten uns, Horst und ich. Auch wenn er es nicht wahrhaben wollte und sich dagegen wehrte. Ich spürte, dass wir füreinander geschaffen waren, zwei Seelenverwandte, die sich endlich gefunden hatten." Ihre Augen füllten sich. „Er wies mich immer wieder ab, aber das waren nur die Vorschriften der Hochschule. In seinem Herzen wusste er ganz genau, dass ich die Frau seines Lebens war. Jetzt ist er tot, und es ist schrecklich zu wissen, dass wir die Zeit nicht genutzt haben." Mittlerweile liefen ihr die Tränen übers Gesicht, wo sie im sorgfältigen Make-up schwarze Spuren hinterliessen. Ob die ganze Szene gespielt war, wusste Pino nicht. Aber ihre Aussagen kamen ihm bekannt vor: so redeten Stalker, Menschen, die in einer Illusion der gegenseitigen Liebe lebten. Das Spiel könnte dann ungefähr so verlaufen sein, dass Böckel, je mehr er Sophie von sich wies und beteuerte, er wolle keine Beziehung mit ihr, desto stärker von ihr belagert und vereinnahmt wurde, bis zur Unerträglichkeit. Was dann normalerweise folgte, war entweder eine Anzeige, oder rohe Gewalt von Seiten des Belästigten. Es war unwahrscheinlich, dass Sophie das Objekt ihrer Liebe umgebracht hatte, aber sie war eine wertvolle Zeugin. Es war möglich, dass sie Böckel über längere Zeit beobachtet hatte oder ihm gefolgt war.

„Sophie, Sie können uns helfen, den Mörder Ihres Geliebten zu finden. Wann haben Sie ihn zum letzten Mal gesehen?"

„Am Samstagabend, in seinem Hotelzimmer. Ich wartete dort auf ihn."

„Wie kamen Sie in das Zimmer?" Er liess sich sein Erstaunen nicht anmerken, vielleicht log sie ja.

„Der Student an der Rezeption ist ein Freund von mir." Auf Pinos fragenden Blick antwortete sie mit einem unschuldigen Augenaufschlag und nannte einen Namen. „Marco Fontana. Er wird es bestätigen."

„Gut, Sie haben also auf Horst Böckel gewartet. Wann kam er, und wie ging es weiter?" Nur jetzt keine Fehler machen, dachte Pino, sie ist intelligent und raffiniert.

„So gegen sechs Uhr. Er wurde ziemlich wütend, als er mich sah, und begann herumzuschreien. Was mir einfalle, mich hier einzuschleichen, er habe nicht die geringste Lust, mit mir zu diskutieren, und ob ich immer noch nicht verstanden habe, dass er nichts von mir wolle. Schliesslich packte er mich, hier, sehen Sie, die blauen Flecken am Oberarm, und marschierte mit mir zum Empfang, wo er Marco anschrie und mich zur Tür hinausschob." Nach einer Pause fügte sie mit sanfter Stimme hinzu: „Er musste so reagieren, wissen Sie. Sonst drehen ihm Berbet und die Hochschule einen Strick draus und vermiesen ihm die Karriere. Aber in seinem Herzen weiss er .."

Pino hatte keine Lust auf weitere Liebeserklärungen und unterbrach sie. „Und dann? Was haben Sie dann gemacht?"

„Weiter auf ihn gewartet."

„Wo?"

„Ich habe mich auf den Randstein neben sein Auto gesetzt. Aber er kam nicht, und irgendwann ging ich nach Hause." Sie schluckte und begann wieder zu weinen. „Wenn er den Abend mit mir verbracht hätte, wäre er jetzt noch am Leben."

Pino nickte, worauf Sophie zu schluchzen anfing. „Ich bin schuld; wenn ich mir mehr Mühe gegeben hätte ..."

„Selbstvorwürfe sind sinnlos, Sophie. Wichtig ist jetzt nur, dass wir den Mörder finden, und Sie können uns dafür wertvolle Informationen liefern. Erzählen Sie mir von Horst Böckel." Er legte sein Handy auf den Tisch und drückte auf die Diktaphon-Taste. „Sind Sie einverstanden, wenn ich das Gespräch aufzeichne?"

Aber er hatte völlig falsch kalkuliert. Sie sprang auf, zischte etwas wie: „Scheissbullen, man kann euch nicht vertrauen", und rauschte zur Tür hinaus. So viel zum Thema Frauenversteher, dachte Pino, ich hätte wohl doch besser Angela gerufen. Scheissbulle, in der Tat.

21

„Gut, ich gebe zu, das war dumm von mir." Marco Fontana zog den Kopf zwischen die Schultern und schaute Pino schuldbewusst an. „Aber Sie können sich nicht vorstellen, wie Sophie insistieren kann. Sie setzte sich hier vor mich auf die Theke, liess die Beine baumeln und rührte sich nicht von der Stelle, auch als Gäste kamen. Ich musste sie irgendwie loswerden, also schloss ich das Zimmer auf und liess sie dort auf den Professor warten, immerhin sagte sie, sie hätten ein Treffen vereinbart." Er seufzte. „Am Ende liess er seinen Ärger verständlicherweise an mir aus, und es war ein Glück, dass der Chef nicht im Haus war. Sonst wäre ich heute nicht mehr hier."

„Verständlicherweise", sagte Pino trocken. „Und warum erzählen Sie mir das erst jetzt?"

„Weil ich Sophie schützen wollte, und weil Diskretion in diesem Hotel oberstes Gebot ist." Er lachte zynisch, als er seine eigenen Worte hörte. „Meistens jedenfalls."

„Gut, und was passierte dann?" Pino drohte Marco mit dem Zeigefinger. „Und keine Lügen mehr, nur noch die Wahrheit."

„Eine Stunde später kam Herr Böckel herunter und gab mir den Schlüssel mit der Bitte, keine Besucherinnen mehr einzulassen. Er hatte sich beruhigt und sagte, so etwas könne passieren, aber ich solle einen grossen Bogen um Sophie machen, sie sei eine Manipulatorin. Dann verliess er das Hotel durch den Hinterausgang, das muss zwischen sieben und acht Uhr gewesen sein. Wohin er ging weiss ich nicht, und es war das letzte Mal, dass ich ihn sah. Ehrenwort."

„Und es gibt wirklich absolut nichts, was ich sonst noch wissen sollte, Herr Fontana?"

„Nein, wirklich nicht. Das heisst, hier habe ich noch

die Liste der anderen Gäste, von der Hochzeit. Vielleicht wollen Sie ja die Namen mit dem Brautpaar abgleichen, die Adresse steht hier oben. Die Damen und Herren waren allerdings ausnahmslos elegant gekleidet und gingen gemeinsam aus dem Haus."

„Gut, wir werden trotzdem nachfragen." Sein Handy vibrierte, Pedroni war auf dem Display. „Ich melde mich wieder", sagte er zu Marco Fontana und verliess das Hotel.

Draussen ging er um die Ecke, ausser Sichtweite der Rezeption, und beantwortete Pedronis Anruf. „Was gibts?"

„Böckel trank in der San Bernardino Bar ein Bier, kurz nach sieben Uhr. Eine Viertelstunde später wurde er abgeholt von einem Mann, den er zu kennen schien. Sie stiegen in einen grossen dunklen Wagen, Böckel hinten und sein Begleiter auf der Beifahrerseite, und fuhren Richtung Schinznach-Bad davon. Der Fahrer muss also im Wagen geblieben sein."

„Sehr gut, für einen so jungen Polizisten. Wie sah der Mann aus?"

„Gross und breit, Statur eines Türstehers, schwarzer Anzug, schwarzes Hemd. Das Gesicht konnte die Bardame nicht beschreiben, der Typ trug einen breitrandigen Hut und eine Sonnenbrille, aber Böckel und er hätten sich freundlich begrüsst."

„Was für ein Wagen?"

„Das wusste sie auch nicht, sie kennt sich nicht aus mit Automarken. Gemäss Beschreibung könnte es ein Range Rover gewesen sein, aber alle grösseren SUVs kommen in Frage. Kein Kennzeichen, sie sah das Fahrzeug nur von der Seite."

„Wäre zu schön gewesen. Und das Nachtessen?"

„In Brugg war bisher nichts, aber ich werde den Radius ausdehnen und an der Achse Schinznach-Aarau suchen. Wir finden das Restaurant, da bin ich sicher."

„Mal sehen. Mach einfach solange weiter, bis du etwas hast; das gehört nämlich auch zu unserer tollen Arbeit bei der Kripo. Nicht dass du dir Illusionen machst, Pedroni."

„Weiss ich doch, aber bisher macht es mir grossen Spass. Ciao Beltrametti."

22

Nachdem sie den ganzen Tag elektronisch miteinander in Kontakt gewesen waren, trafen sich Angela, Pino und Nick am späten Nachmittag im Teambüro, um die gesammelten Fakten und Eindrücke zu einem Bild zusammenzufügen. Was ihnen nicht einmal ansatzweise gelang, denn die Widersprüche und Ungereimtheiten häuften sich, die Puzzleteile passten nicht zusammen. Angela, der es normalerweise keine Mühe machte, Informationen und Erkenntnisse zu visualisieren, war nicht in der Lage, Verbindungen aufzuzeigen und kapitulierte vor den vollen Pinnwänden. Urs Meierhans liess mitteilen, er habe zwar menschliche DNA isoliert, nicht jedoch entsprechende Profile in den Datenbanken. Colin MacAdam sagte am Telefon, die Leber von Horst Böckel lasse auf konstanten, wenn auch nicht übermässigen Alkoholgenuss schliessen, und andere Betäubungsmittel habe er bisher nicht gefunden. Staatsanwältin Dumont, Kripochef Kyburz und AZ-Reporter Schwager übten alle Druck aus und wollten wissen, wann man mit ersten Ermittlungserfolgen rechnen könne. Und Marina schickte eine SMS, sie möchte gerne wieder mal mit ihrem Mann gemeinsam essen.

Um wenigstens dem letzten dieser Ansprüche gerecht zu werden, entschloss sich Nick, die Sitzung zu beenden. Sie vereinbarten, ihre Gedanken schweifen zu lassen beim Kochen oder Joggen, und einander sofort zu informieren über Geistesblitze und andere Einfälle. Sie alle kannten diese Momente der Unsicherheit und wussten, dass sich die Zuversicht wieder einstellen würde, früher oder später.

Nick fuhr nach Hause, nahm seine schöne Frau in

die Arme und hielt sie fest. Es ist ein Wunder, dachte er, dass ich ihr begegnet bin und dass sie mich geheiratet hat. Das allein zählt, und alle Böckels der Welt können mein Glück nicht trüben.

Marina hatte das Essen vorbereitet und hielt ihm eine Flasche Roero Arneis und den Korkenzieher hin. „Männerarbeit", sagte sie lächelnd, „ich mache den Rest." Sie schnitt die Trutenschnitzel auf, die sie pochiert hatte, und überzog sie mit einer Sauce aus Thon, Sardellen, Kapern und Sauerrahm, dann kam noch etwas Petersilie darüber. Ein paar Kapernäpfel als Garnitur, frisches Brot dazu, ein gutes Glas Wein: sie hatte ihrem Liebsten oft genug über die Schulter geschaut, wenn er seine Kochkunst ausübte. Während des Essens erzählte sie von Maggie und ihrer Einladung für einen Abend mit Andrew, er sprach von Helga Wenk und von Horst Böckel, der das Arbeitszimmer seines Vaters während Jahren nicht aufgeräumt oder verändert hatte. Marina war beim Tierarzt gewesen und erklärte Nick, dass es sich bei dem süssen schwarzweissen Tier, das auf dem Sofa lag und selig schlief, um einen etwa zweijährigen Kater handle, der zwar nicht gechipt, aber kastriert und jetzt wieder geimpft war. Einen Namen müssten sie sich noch ausdenken, dann würde er zur Familie gehören. Der Tierarzt, Pavel Beniak, scheine sich immer noch nicht erholt zu haben vom Tod seines Lebensgefährten, er wirke traurig. Von Kathrin und ihren Schwierigkeiten mit Diego schwieg sie, und er sagte nichts von seinem unguten Gefühl beim Durchsuchen der Wohnung von Böckel. Sie machten ihren üblichen Nachtspaziergang durchs Quartier, und um elf Uhr war Nick eingeschlafen, ohne dass er mehr als eine halbe Seite des aktuellen Essays von Montaigne gelesen hatte.

* * *

Angela ging ins Fitnesscenter und trainierte ihre Muskeln, bis sie schmerzten. Danach machte sie einen Saunagang, duschte und wollte gerade gehen, als sie Colin MacAdam auf dem Laufband entdeckte. Sie winkte, er gestikulierte und stoppte die Maschine. „Warten Sie auf mich, Frau Kaufmann. Ich habe einen Bärenhunger und keine Lust, allein zu essen. Darf ich Sie einladen?" Sie wählten das Restaurant 'Einstein' gleich gegenüber und unterhielten sich die nächsten drei Stunden glänzend. Er erzählte von seinem schottischen Vater, Mediziner und Forscher, und seiner Schweizer Mutter, die sich wie im Arztroman in den Herrn Doktor verliebt habe. Er selbst sei in Edinburgh geboren und zur Schule gegangen, später habe er in einem Internat im Engadin die Matura gemacht und in Basel studiert. Sie sprach davon, dass ihr Vater Regierungsrat sei, und weil er das Gesundheitsdepartement leite, sei er wohl Colins oberster Chef. Was dieser wiederum damit quittierte, dann müsse er sich wohl spezielle Mühe geben, um in die Schwiegersohn-Auswahl zu kommen. So viele Anwärter gebe es nicht, lachte sie, aber bevor er ihr jetzt einen Heiratsantrag mache, gehe sie ein paar Stunden schlafen, sonst werde der Fall nie gelöst. Zum Abschied küsste sie ihn ganz leicht auf die Wange. Sein Geruch gefiel ihr.

* * *

Pino rannte die Treppe hinunter in die Kantine und holte sich ein Sandwich und eine Cola. Langsam kauend ging er vor den Pinnwänden auf und ab und murmelte vor sich hin. Er verschob die Fotos von einer Wand an die andere und wieder zurück, trat ein paar Schritte weg und kniff die Augen zusammen, um vielleicht doch noch ein ganzes Bild zu sehen. Nichts. Er setzte sich an seinen Computer und suchte nach Horst und Franz Böckel, fand aber nichts Neues, zumindest nicht mit seinen limitierten

Fähigkeiten zur Computer-Recherche. Dann tippte er Sophies Namen ein, und das Fahndungssystem reagierte sofort, mit einem schlechten Foto und einer Liste von Jugendstrafen. Drogenbesitz, Sachbeschädigung, Angriff auf Ordnungspersonal, aber alles ein paar Jahre her. Interessant wurde es erst, als er den Namen ihrer Mutter las: Rötheli Marianne, geb. Klaus, gesch. Alvarez. Nachdem er mit ein paar weiteren Klicks die Bestätigung gefunden hatte, schickte er eine SMS an Nick und Angela. 'Sophie ist die Tochter von Marianne Rötheli. Wusste die Mama von der Schwärmerei für Böckel?'

23

'Mord an FH-Professor: wie ernst nimmt die Polizei ihre Arbeit?' Das war die fette Schlagzeile in der Aargauer Zeitung vom nächsten Morgen. Steff Schwager schrieb in seinem Artikel, dass sich 'gewisse Mitglieder des Kripo-Teams' in einem lokalen Restaurant vergnügten, obwohl der Mörder immer noch frei herumlief und die Bevölkerung sich Sorgen machte. Offenbar sei der stellvertretende Chef nicht in der Lage, seine Leute richtig zu führen und sicherzustellen, dass die Tat rasch aufgeklärt werde. Es sei höchste Zeit, dass der neue Kommandant sein Amt antrete und mit eisernem Besen seine Organisation ausmiste. Weitere Sätze in diesem Tenor folgten, natürlich ohne dass Schwager Namen nannte oder sich juristisch irgendwie exponierte. Substanz hatte der Artikel keine, er bestand aus Mutmassungen, Gerüchten und Unterstellungen.

Wie erwartet stürmte Gody Kyburz ins Teambüro und knallte die Zeitung auf den Tisch. „Wer war gestern Abend wo?" brüllte er.

Angela gab zu, dass sie mit Colin MacAdam im 'Einstein' gegessen hatte.

Gody schnappte nach Luft. „Ausgerechnet in Schwagers Stammlokal, das hättest du wissen müssen, verdammt nochmal!"

Nick versuchte zu vermitteln. „Wir haben gestern intensiv gearbeitet, Gody, und als wir nicht mehr weiterkamen, gingen wir alle nach Hause. Was meine Leute in der Freizeit machen, geht niemanden etwas an. Schwager rächt sich dafür, dass er gestern keine neuen Informationen erhielt."

„Und er hat eine Rechnung offen mit mir", sagte Angela.

„Welche Rechnung? Warum weiss ich nichts davon?" Godys Gesicht war immer noch rot, und er beruhigte sich nur langsam.

Angela wechselte einen Blick mit Nick, atmete tief ein und sagte leise: „Ich hatte letztes Jahr eine kurze Affäre mit Steff, die ich etwas abrupt beendete. Ich ging eigentlich davon aus, dass die Geschichte erledigt sei."

„Verdammt, dann hat also die ganze kritische Berichterstattung seit einem Jahr mit dir zu tun? Das darf doch nicht wahr sein!"

Pino räusperte sich. „Beruhige dich, Gody. Schwager ist nichts als ein kleines, eifersüchtiges Würstchen, das sich wichtig macht. Wenn du etwas dagegen tun willst, dann sprich ernsthaft mit deinem Freund, dem Chefredaktor, und sag ihm, er soll Schwager endlich feuern."

Man sah, dass Gody eine hitzige Antwort parat hatte, aber dann schüttelte er nur resigniert den Kopf. „Ihr habt ja keine Ahnung, wen ich in meiner Organisation alles feuern müsste, wenn es nach der Zeitung ginge."

„Die Journis wissen immer alles besser." Pino stand auf und ging zur Kaffeemaschine. „Espresso, Gody?"

„Ja, doppelt und mit viel Zucker." Die Wut war nahezu verflogen, aber man sah ihm seine Frustration an. „Ich glaube, ich brauche dringend einen Kommunikationschef, der etwas von seinem Metier versteht und gute Kontakte zu sämtlichen Medien pflegt, um genau solche Situationen zu vermeiden." Die Presseabteilung der Kantonspolizei bestand aus einer Handvoll altgedienter Polizisten; böse Zungen behaupteten, es handle sich um ein Auffangbecken für Leute, die man sonst nirgendwo mehr brauchen könne.

„Ich habe Gerüchte gehört, dass der neue Kommandant seinen eigenen Mann aus Bern mitbringt", sagte Nick, „und das könnte ein echter Fortschritt sein. Aber wir müssen hier und heute entscheiden, welche Strategie wir gegenüber der Aargauer Zeitung verfolgen wollen. Ich schlage vor, zu diesem Artikel keinen Kommentar abzugeben und Steff Schwager bis auf weiteres zu ignorieren. Er bekommt nichts von uns, keine Unterlagen, keine Communiqués; wir drücken seine Anrufe weg, niemand ruft zurück, auch nicht die Pressestelle."

„Kalt stellen, gute Idee", sagte Pino anerkennend. „Und beim nächsten Pieps schicken wir die Kavallerie zum Chefredaktor .."

„.. der vielleicht von selber kommt, wenn er plötzlich nichts mehr publizieren kann über unsere Ermittlungen", bemerkte Gody hoffnungsvoll. „Gut, ich bin einverstanden, die Presseabteilung und die Staatsanwältin informiere ich. Aber wir dürfen auch keine Angriffsflächen bieten, also bitte keine Rendezvous oder Ähnliches in der Öffentlichkeit, mindestens bis wir den Fall gelöst haben. Wie machen wir weiter?"

Nick ging zur Pinnwand und zeigte auf den neu entstandenen Verbindungspfeil zwischen Rötheli und Sophie Alvarez. „Wir müssen mit Marianne Rötheli reden. Wenn sie über Sophie und Böckel Bescheid wusste, hat sie zusammen mit ihrem Mann ein sehr starkes Motiv."

Pino hob die Hand. „Wir wissen aber überhaupt nicht, ob sie je mit ihrer Mutter darüber gesprochen hat, und wie viel der Stiefvater wusste. Es könnte Sophies Geheimnis gewesen sein."

„Das so ziemlich alle Studenten von Böckel kannten", warf Angela spöttisch ein. „Wenn es stimmt, dass Frau Rötheli gegen Böckel intrigierte, musste sie davon wissen."

Nick dachte noch an etwas anderes. „Sophie könnte es auch bewusst darauf angelegt haben, ihre Eltern zu ärgern. Wir müssen unbedingt mehr erfahren über die Beziehungen in dieser Familie, vom leiblichen Vater Alvarez bis zum Stiefvater Rötheli. Pino, das ist dein Job für heute. Und du machst bei Pedroni Dampf, wir müssen endlich den Samstagabend rekonstruieren können."

Pino nickte, sagte aber, er würde gern Angela dabei haben für die Gespräche mit Mutter und Tochter.

„Nein, ich brauche sie in Küssaburg. Sie muss mit der Frau und den Kindern von Franz Böckel sprechen."

„Das kann doch die Walküre aus Waldshut machen." Pino grinste, aber niemand nahm Notiz.

„Nein, Helga Wenk ist mit der Recherche über Böckels Leben vor der Anstellung an der Fachhochschule beschäftigt. Und ich muss etwas überprüfen in der Wohnung. Franz Böckel hat gestern immer wieder auf einen bestimmten Punkt gestarrt, und ich will wissen, was das bedeutet. Vermutlich sind wir bis Mittag damit beschäftigt, je nach Stand treffen wir uns zum Essen und planen weiter. Andiamo."

„Und nicht vergessen, kein Wort zu Schwager." Gody erhob sich und ging zur Türe. „Ihr informiert mich laufend über alle Aktivitäten und Resultate."

24

Angela fuhr mit Nick als Passagier Richtung Waldshut. Ihre Laune war rabenschwarz; sie hatte ein schlechtes Gewissen und regte sich über sich selbst auf. Nick nahm die nervösen Schaltbewegungen und schnellen Kurvenmanöver wahr, liess es aber bleiben, einen Kommentar abzugeben. Stattdessen meldete er sich bei Familie Böckel an und telefonierte über den Lautsprecher mit Helga Wenk. Der Lebenslauf des Opfers sei schon etwas klarer, sagte sie, und sobald sie die Kollegen vom Landes- und Bundeskriminalamt erreicht habe, werde sie die Unterlagen mailen. Allerdings sei bisher nichts aufgetaucht, was Licht in die Affäre bringen könnte. Alles sei im grünen Bereich, es gebe keine Brüche in der Vita, Horst Böckel sei ihres Wissens nie mit der Polizei in Berührung gekommen, nicht einmal wegen eines Verkehrsdelikts. Es könnte höchstens noch in den Datenbanken von LKA und BKA Einträge geben, aber die seien für die Polizeistelle Waldshut nicht direkt abrufbar, nur auf Anfrage.

„Ich dachte immer, die deutschen Kollegen seien so effizient und gut organisiert", bemerkte Nick, nachdem er das Gespräch beendet hatte. „Aber wahrscheinlich ist das Kompetenzgerangel zwischen den verschiedenen Polizeidiensten überall auf der Welt das gleiche."

Angela liess sich von ihrem Ärger über Steff Schwager ablenken und nickte. „Sogar bei uns scheint jetzt wieder die unsägliche Diskussion über die Einheitspolizei ausgebrochen zu sein. Ich finde, wir haben uns in den letzten drei Jahren gut organisiert, und die Schnittstellen mit den Regionalen sind meistens ziemlich klar. Operativ, wenigstens. Es sind eher die Politiker, die sich nicht um ihr Geschwätz von gestern kümmern."

Nick hob die Augenbrauen. „Und das von der Tochter eines Regierungsrats, hört, hört. Führst du mit Papa diese Diskussionen?"

„Ja, manchmal schon. Ich finde einfach, dass man solche grossen Reorganisationen nicht nach kurzer Zeit schon wieder in Frage stellen darf, insbesondere dann nicht, wenn das ursprüngliche Projekt gegen grossen Widerstand eingeführt wurde."

„Aber man darf doch seine Meinung im Lauf der Zeit ändern."

„Natürlich darf man das. Nur bringt es wieder Unruhe in die Organisation, und die Leute konzentrieren sich nicht auf ihre Arbeit, sondern auf die Struktur. Wir können uns das eigentlich nicht leisten."

Angelas Handy klingelte, das Display zeigte Steff Schwager. Mit Vergnügen drückte sie die Unterbruchtaste und schaute kurz nach rechts zu Nick. „Es tut mir leid wegen gestern. Ich hätte wirklich ein anderes Restaurant wählen müssen."

Nick lächelte. „Hattet ihr wenigstens einen schönen Abend, du und der Rechtsmediziner?"

„Mmh. Colin ist ein Gentleman und hat Stil, im Gegensatz zu Steff."

„Das hört man gern. Und nun zur Arbeit. Dein Ziel muss sein, im Gespräch mit Frau Böckel alles zu erfahren, was sie über das Privatleben ihres Schwagers weiss. Frauen sind normalerweise die besseren Beobachterinnen. Mit den Kindern ist es schwieriger, ich überlasse es dir, ob du sie überhaupt befragen willst."

„O.k., mal sehen. Vielleicht finde ich einen Einstieg über Kati, die Katze." Sie fuhren im nebligen Bad Zurzach über die Brücke, dann noch die letzten Kilometer bergauf nach Küssaburg. Oben auf dem Hügel schien die Sonne, und als sie vor dem Anwesen der Böckels aus dem Wagen stiegen, lächelten sie sich an. Frühling.

„Guten Tag, Frau Böckel. Mein Name ist Baumgarten, wir haben telefoniert. Das ist meine Kollegin Kaufmann. Wenn es Ihnen nichts ausmacht, möchte ich mir gerne nochmals die Wohnung von Horst anschauen, wenn möglich zusammen mit Ihrem Mann. Frau Kaufmann wird sich mit Ihnen unterhalten."

„Franz, kommst du? Die Polizei ist da." Frauke Böckel hatte eine kräftige Stimme, die keinen Widerspruch duldete. Während die Männer zum andere Hausteil gingen, führte Frauke Angela in die Wohnküche, in der es nach frischem Brot und Kuchen duftete. „Setzen Sie sich, Kaffee ist gleich soweit." Sie stellte einen Teller mit Keksen auf den Tisch. „Selbst gebacken heute früh, greifen Sie zu." Sie lachte und legte die Hände auf ihre ausladenden Hüften. Ihre Beine steckten in unvorteilhaften Leggings. „Sie können es sich leisten, ich versuche Diät zu halten nach dem Urlaub in Italien." Sie brachte den Kaffee, setzte sich Angela gegenüber und wurde ernst. „Es war ein tüchtiger Schock, das mit Horst. Wir können es irgendwie gar nicht fassen. Raffi fragt ständig nach seinem Onkel, er begreift noch nicht, was der Tod ist."

„Die Kinder hatten viel mit Ihrem Schwager zu tun, nehme ich an."

„Wenn man so nahe beieinander wohnt, ergibt sich automatisch ein engerer Kontakt. Horst hatte viel mehr Geduld mit ihnen als mein Mann und ich, aber das gilt wohl für alle Onkel, Tanten und Grosseltern. Wir Eltern sind für Verbote und Strafen zuständig, die restliche Verwandtschaft darf die Kinder verwöhnen. Aber so ist es nun mal, ich beklage mich nicht." Sie schenkte Kaffee nach.

„Horst hatte selbst keine Kinder?" fragte Angela.

Frauke lachte. „Nicht dass ich wüsste. Er wäre auf jeden Fall ein guter Vater gewesen, und es ist im Grunde genommen schade, dass er keine Familie hatte. Ausser uns, natürlich."

„Warum glauben Sie lebte er allein?"

„Keine Ahnung. Ich weiss nur, dass ihm seine Arbeit sehr viel bedeutete, und dass er kein ordentlicher Mensch war, aber das heisst noch lange nicht, dass einer keine Frau findet. Ich habe eine Weile versucht, ihn zu verkuppeln mit alleinstehenden Freundinnen, aber es wurde nie etwas daraus. Ich glaube übrigens auch nicht, dass er schwul war. Er schien einfach kein Interesse zu haben an einer Beziehung. Nicht einmal die schöne Sophie hatte eine Chance."

Angela hob die Augenbrauen. „Sie kennen Sophie?"

„Ja, sie tauchte eines Tages hier auf und sagte, sie sei eine Studentin und suche Horst wegen einer Projektarbeit. Er war nicht zu Hause und ich lud sie ein, hier zu warten, aus purer Neugier, ehrlich gesagt. Mir war schnell klar, dass die Arbeit nur ein Vorwand sein konnte; das Mädchen war bis über beide Ohren verliebt in Horst. Wir plauderten ein Stündchen, und als Horst immer noch nicht kam, fuhr sie wieder weg. Ich sah sie nochmals vor ein paar Wochen, da war grosse Party bei Horst, mit einer Gruppe von Studenten."

„Haben Sie ihn auf den Besuch angesprochen?"

Frauke nickte. „Aber klar doch, ich sagte, eine dunkelhäutige Schönheit habe stundenlang auf ihn gewartet und sei schliesslich unverrichteter Dinge wieder abgezogen. Er lachte nur und bemerkte, Sophie sei ganz nett, aber viel zu jung für ihn. Damit war das Thema erledigt."

Angela spürte, dass die Frage nach den Frauen in Horsts Leben in eine Sackgasse führte. Entweder gab es sie nicht, oder er hatte sie sorgfältig von der Familie seines Bruders ferngehalten. Trotzdem bohrte sie weiter, so wie sie es gelernt hatte: manchmal führte eine harmlose Frage zu einer überraschenden Antwort. „Frau Böckel,

Sie sind eine gute Beobachterin. Die beiden Hausteile haben eine gemeinsame Einfahrt, und da sieht man, wenn die andere Hälfte Besuch hat. Erhielt Ihr Schwager ab und zu Besuch?"

Wieder lachte Frauke, aber diesmal etwas unsicher. „Ich habe ja selbst gesagt, dass ich neugierig bin, Frau Kaufmann, aber jemandem nachzuspionieren ist nicht meine Art. Natürlich fielen mir Besucher auf, vor allem weil selten welche zu Horst kamen. Wenn ein Wagen zum Haus fährt, höre ich das, und vielleicht schaue ich kurz aus dem Fenster, aber nur um zu sehen, ob er bei uns oder bei Horst anhält." Ihre Stimme wurde leiser, und sie lehnte sich über den Tisch zu Angela. „In den letzten Wochen kam ab und zu ein dunkler Geländewagen, meistens am späten Abend. Ich habe den Mann nie genau gesehen, aber er war gross und trug einen Hut. Ein einziges Mal habe ich gehört, wie Horst und der Mann sich vor der Türe unterhielten, bevor der Gast wegfuhr." Sie schaute Angela in die Augen und schüttelte den Kopf. „Nein, ich verstand die beiden nicht. Sie redeten spanisch."

„Horst sprach spanisch?"

„Und englisch, französisch, italienisch und vielleicht auch chinesisch, so genau weiss ich es nicht. Jedenfalls hatte er ein Talent für Sprachen."

25

„Meine Frau weiss nichts davon, und ich wäre Ihnen dankbar, wenn sie es nicht erfahren müsste." Franz Böckel senkte den Kopf. „Für mich war es eine Art Versicherung, verstehen Sie, nur für die äusserste Notlage. Glauben Sie, dass Sie das Geld wiederfinden?"

„Unwahrscheinlich", sagte Nick, „aber nicht unmöglich." Er wusste nicht, was er mit dieser neuen Information anfangen sollte. Mit schuldbewusster Miene hatte ihn Franz Böckel im Arbeitszimmer von Horst zu einer Aussparung in der Wand hinter einem Regal geführt. Dort, erklärte er, habe Vater Böckel eine grössere Summe D-Mark gehortet, weil er der neuen Währung Euro nicht traute und sicher sein wollte, für den Fall der Fälle 'richtiges' Geld zur Hand zu haben. Kurz vor seinem Tod habe der Vater ihm, Franz, einen Hinweis gegeben, und Horst und er hätten das Versteck nach langer Suche gefunden, mit etwa zweihunderttausend Mark. Man könne das Geld immer noch umtauschen bei der Deutschen Bundesbank, für ungefähr zwei Mark gebe es einen Euro. Das Problem sei, dass es sich vermutlich um unversteuertes Schwarzgeld handle, und Horst und er hätten darüber diskutiert, wie man am besten vorgehen könne. Und nun habe er letzte Nacht gesehen, dass das Geld verschwunden sei. Es könne sein, dass Horst einen Weg gefunden habe, das Geld reinzuwaschen, aber erwähnt habe er nichts.

Nick sagte: „Wir werden die Bankkonten Ihres Bruders nochmals überprüfen, Herr Böckel. Er könnte das Geld auch einfach ausgegeben haben, ohne Sie zu informieren, nicht wahr?"

Böckel protestierte heftig. „Wir waren Brüder, Herr Baumgarten, er hätte den Betrag mit mir geteilt, da bin ich hundertprozentig sicher. Er hätte sich niemals auf meine Kosten bereichert, niemals."

Nick hoffte, dass Franz Böckel sich nicht täuschte. Für einen Betrag von hunderttausend Euro würden sehr viele Menschen das Vertrauen ihrer Verwandtschaft missbrauchen. Und er ärgerte sich darüber, dass er gestern nicht genauer hingeschaut hatte: vielleicht war das Geld erst in den letzten vierundzwanzig Stunden verschwunden. Geheimnisse liessen sich in einer Ehe nicht immer wahren.

„Sind Sie ganz sicher, dass Ihre Frau nichts davon wusste?"

„Von mir garantiert nicht, und von Horst auch nicht. Wir waren sehr vorsichtig, als wir das Versteck suchten, wir zogen immer auf beiden Seiten die Vorhänge vor. Und wir redeten nie darüber, wenn sonst jemand anwesend war. Verdächtigen Sie jetzt meine Frau?"

„Ich darf nichts ausschliessen, Herr Böckel. Es ist theoretisch möglich, dass das Geld erst verschwand, nachdem Horst tot war."

„Gut, dann gehen wir jetzt zu Frauke und fragen sie. Ich kann Ihren Verdacht nicht so stehen lassen."

„Einen Moment noch, Herr Böckel. Gibt es in dieser Wohnung sonst noch etwas, was Sie mir zeigen möchten, so wie dieses Versteck? Dokumente, Fotos, irgendetwas, was mit dem Tod von Horst in Zusammenhang stehen könnte? Denken Sie gut nach."

Aber Franz Böckel war im Moment nicht in der Lage, Nick zu helfen. Er versprach, sofort anzurufen, wenn ihm etwas einfallen sollte, aber jetzt wollte er Frauke nach dem Geld fragen, es liess ihm keine Ruhe.

Und wirklich, seine Frau wurde rot, als er sie fragte. Sie schaute ihren Mann und die Besucher ein paar Sekunden lang schweigend an, dann ging sie zum Tiefkühler, holte eine Plastiktüte aus dem untersten Fach und leerte den Inhalt auf den Küchentisch. Es waren D-Markscheine, viele blaue D-Markscheine. „Ich wusste schon lange davon, Franz. Nachdem Frau Wenk und Herr Baumgarten gestern in der Wohnung waren, holte ich das Geld und versteckte es. Ich weiss auch nicht warum."

Weil man hier niemandem traut, am wenigsten dem Staat, dachte Angela. Sie nahm ein paar Notenbündel und begann zu zählen. Nach ein paar Minuten schob sie die Scheine zur Seite und sagte mit neutraler Stimme: „Zweihunderttausend Mark sind das hier auf keinen Fall, höchstens fünfzigtausend. Wo ist der Rest?"

26

"Hexenschuss, sagte sie am Telefon. Sie bleibt heute auf jeden Fall zu Hause, vielleicht auch morgen, falls es nicht besser wird. Sie hat das öfter, wissen Sie, schwacher Rücken." Die junge Frau im Sekretariat der pädagogischen Hochschule gab Pino bereitwillig Auskunft, während sie Anrufe beantwortete und den Studierenden irgendwelche Formulare aushändigte. "Mir tut es gut, allein zurechtzukommen, als Berufslernende hat man dazu nicht oft Gelegenheit."

"Wie lange sind Sie schon hier?" Pino wollte sie dazu bringen, über ihre Chefin zu reden, aber es war nicht einfach.

"Ich bin im dritten Lehrjahr, mit Berufsmittelschule."

"Gefällt es Ihnen?"

"Ja, im allgemeinen schon. Frau Rötheli ist eine gute Chefin, sie weiss, wie man uns Lehrlingen alles Nötige beibringt. Sie hat schon viele von uns ausgebildet." Sie machte eine Pause und schien zu überlegen, was sie dem Kommissar sagen durfte. "Manchmal ist es mir zu langweilig, zum Beispiel in den Semesterferien. Ich mag den Kontakt mit Menschen, ein hektischer Tag wie heute ist genau das, was ich mir wünsche." Sie beantwortete wieder einen Anruf und bedeutete Pino, zu ihr an den Schreibtisch zu kommen. Sie hielt ihm den Hörer hin. "Frau Röthcli ist am Telefon, Sie möchte mit Ihnen reden."

"Beltrametti von der Kantonspolizei, grüezi Frau Rötheli. Ich müsste Ihnen dringend ein paar Fragen stellen, und zwar persönlich. Darf ich bei Ihnen vorbeikommen? – Nein, lieber nicht, es muss unter uns bleiben. Ein Stichwort? Ja, natürlich. Es geht um Ihre Tochter." Es wurde still am anderen Ende der Leitung. "Frau

Rötheli? Geben Sie mir Ihre Adresse, bitte?" Er notierte sie und legte auf.

„Ich wusste gar nicht, dass die Röthelis Kinder haben", sagte die Assistentin und schaute Pino erwartungsvoll an.

Schlagfertig wie immer antwortete er: „Es gibt immer noch Leute, die ihre Privatsphäre wahren und nicht alles auf Facebook posten, junge Frau. Auf Wiedersehen." Offensichtlich wusste man also an der Hochschule nicht Bescheid. Auch gut, dann hatte er ein Druckmittel in der Hand.

Er schaute kritisch in den Himmel, sah keine Regenwolken und öffnete das Faltdach seines Cabriolets. Schal und Mütze würde er noch brauchen, aber sicher kein Dach. Mit Vergnügen fuhr er die kurze Strecke zum Rebmoosweg, parkte an der Strasse und schaute nach oben. Die Terrassenhäuser fügten sich harmonisch in den Hang ein, die grossen Balkone waren bepflanzt und schützten ihre Bewohner vor neugierigen Blicken. Anderseits wurden Besucher offensichtlich genau wahrgenommen: im Treppenhaus begegnete er einer jungen Mutter mit Säugling und einem älteren Ehepaar, die ihn musterten und freundlich grüssten. Man kannte sich und wusste, wer nicht dazugehörte.

Die Wohnungstür im dritten Stock war angelehnt. Er klopfte und wurde aufgefordert, einzutreten und die Tür hinter sich zu schliessen. Marianne Rötheli lag auf einem grossen Sofa und versuchte gerade mit schmerzverzerrtem Gesicht, sich an einem Stock in eine sitzende Position aufzurichten.

„Bleiben Sie liegen, Frau Rötheli, ich weiss, wie weh ein Hexenschuss tut. Ich bin Pino Beltrametti." Er zeigte seinen Ausweis. Sie war blond, sicher im allgemeinen gepflegt und attraktiv, angenehm weibliche Figur, knapp fünfzig. Im Moment war sie allerdings bleich und ihr

Haar war strähnig; falls sie simulierte, tat sie es gekonnt.

„Es geht mir hoffentlich bald besser, der Arzt war da und hat mir eine Spritze gegeben. Was wollen Sie von mir, Herr Beltrametti? Geht es um Böckel? Und was hat Sophie damit zu tun? Woher wissen Sie überhaupt, dass sie meine Tochter ist?"

„Einfache Polizeiarbeit, Frau Rötheli, und ja, ich bin wegen Horst Böckel hier. Wie gut kannten Sie ihn?"

„Wie man halt jemanden kennt, der im gleichen Grossbetrieb arbeitet, also flüchtig."

„Mochten Sie ihn?"

„Hören Sie, mein Mann hat Ihnen oder Ihren Kollegen bereits geschildert, was wir von Horst Böckel hielten. Ich habe nichts hinzuzufügen."

„Gut, und jetzt zu Sophie. Wohnt sie hier bei Ihnen?"

„Nein, sie zog aus, als sie achtzehn war. Sie wohnt in einer Studenten-WG in der Altstadt."

„Wie gut wissen Sie Bescheid über das Liebesleben Ihrer Tochter?"

„Was fällt Ihnen ein, mich so etwas zu fragen? Das geht Sie überhaupt nichts an."

„Doch. Wussten Sie, dass Sophie eine Affäre hatte mit Horst Böckel?"

„Absoluter Blödsinn. Passen Sie auf was Sie sagen, Sie riskieren sonst eine Klage wegen übler Nachrede."

„Oh, das macht mir aber Angst. Sie und Ihr Mann drohen dauernd mit dem Anwalt, sagen aber selbst nie die ganze Wahrheit. Also, wussten Sie von Sophie und Horst Böckel?" Pino war aufgestanden und stützte sich links und rechts von seiner Gesprächspartnerin auf das Sofa. Sie schüttelte den Kopf und wich zurück, aber sein Gesicht kam dem ihren näher. Leise sagte er: „Sie und Ihr Mann wussten es, und Sie konnten es nicht verhindern. Deshalb mussten Sie zu drastischen Mitteln greifen und Böckel aus dem Verkehr ziehen. Ein ausgezeichnetes Motiv für einen Mord, Frau Rötheli, wie mir jeder Staatsanwalt bestätigen wird." Er richtete sich wieder auf und sagte mit freundlicher Stimme: „Sie haben jetzt die Chance, mir die Wahrheit zu sagen. Es wäre besser für Sie, und auch für Ihre Tochter."

Marianne Rötheli fixierte ihn mit ihren blauen Augen. „Sie wissen, dass mein Mann und ich ein Alibi haben für den fraglichen Samstagabend. Mehr sage ich nicht. Sie gehen jetzt besser."

„Dann bleibt uns nichts anderes übrig als Sie vorzuladen. Sie werden unter Eid aussagen müssen. Auf Wiedersehen."

Er erwartete, dass sie ihn zurückrufen und ihm alles erklären würde, aber daraus wurde nichts, sie schwieg beharrlich und liess ihn gehen. Vergeigt, dachte er, ich habe entweder zu viel oder zu wenig Druck ausgeübt. Verliere ich mein Gefühl dafür? Er wusste nicht mehr als vorher, schon gar nicht über die Familienverhältnisse. Trotzdem war er sicher, dass er sie aufgerüttelt hatte und dass sie irgendwie reagieren würde.

27

„Sie scheint eine harte Nuss zu sein, wenn ich das politisch unkorrekt sagen darf", sagt Nick mit einem Blick zu Angela, die nur mit den Schultern zuckte. „Vielleicht wäre mit etwas mehr Einfühlungsvermögen etwas aus ihr herauszuholen gewesen, aber man weiss es nicht. Glaubst du, dass sie von Sophies Schwärmerei für Böckel wusste?"

Sie sassen zu dritt auf einer Bank am Aareufer, in der Nähe der neuen Turnhalle, und assen den Lunch, den sie sich im Take-away geholt hatten: Sushi für Angela, ein Sandwich mit Rohschinken für Nick und eine doppelte Portion frittierte Jalapeños für Pino. Sie hatten ihre Jacken ausgezogen und wärmten sich an der Sonne.

„Es wäre zu schön gewesen", antwortete Pino und putzte sich die Finger an einer Serviette ab, „aber ich glaube eher nicht. Sophie lebt seit Jahren nicht mehr zu Hause, und es kann gut sein, dass sie sich von ihrer Mutter und dem Stiefvater entfernt hat. Wir müssen Sophie fragen, die Mutter wird ohne Anwalt nicht mehr mit uns reden, da bin ich sicher. Und Papa Rötheli will garantiert auch dabei sein." Er runzelte die Stirn und schaute auf die schnell fliessende Aare. „Kann mir einer von euch sagen, wie ich es hätte besser machen können?"

Angela prustete los. „Der grosse Beltrametti fragt nach Verbesserungsvorschlägen für sein Verhalten, ich glaube es nicht. Was ist los mit dir?"

Pino verzog den Mund. „Lach du nur. Du hast ein zementiertes Bild von mir, und das heisst alter bärbeissiger Einzelkämpfer, arrogant und selbstsicher. Dass ich an der Richtigkeit meines Verhaltens zweifeln könnte, passt nicht in dein Bild, ist aber so. Heute Morgen habe ich vermutlich Mist gebaut, und ich möchte es beim nächsten

Mal besser machen. Solange die Rötheli nämlich nicht redet, kommen wir keinen Schritt weiter."

„Ich wollte dir nicht auf den Schlips treten, entschuldige." Sie musterte ihren Kollegen eingehend. „Aber du musst zugeben, dass das nicht alle Tage vorkommt."

„Nicht alle Tage, aber es kommt vor", unterbrach Nick, „und das ist gut so. Ich bin nicht sicher, ob du mit einem anderen Verhalten mehr Erfolg gehabt hättest, Pino. Die Staatsanwaltschaft muss uns erlauben, sie als Zeugin vorzuladen, und wir könnten sie mit einem Polizeifahrzeug abholen. Das macht immer Eindruck bei den Nachbarn." Er nahm sein Handy und wählte die Nummer von Cécile Dumont, erreichte aber nur die Mailbox. „Nick Baumgarten hier, hallo Cécile. Rufst du mich so rasch wie möglich zurück, bitte? Wir müssten jemanden vorladen."

„Und was ist mit den anderen hundertfünfzigtausend Mark?" fragte Pino. „Haben Franz Böckel und seine Frau sie beiseitegeschafft?"

Angela verneinte. „Kann ich mir nicht vorstellen. Sie waren beide ehrlich überrascht, Frauke hatte keine Ahnung, wie viel es war, und Franz musste erst mal damit klarkommen, dass seine Frau das Versteck kannte. Helga Wenk kümmert sich jetzt darum und klappert alle Filialen der deutschen Bundesbank ab. Vielleicht hat Horst doch kleinere Beträge gewechselt und das Geld verjubelt, auch wenn sein Bruder schwört, das wäre nie geschehen. Geld ist zwar immer ein Motiv, aber meiner Meinung nach führt uns diese Spur nicht zum Mörder. Der Betrag ist zu klein."

„Wie kommst du darauf? Manche Leute würden alles mögliche tun für diese Summe." Pino hatte in seinem Polizistenleben zu viele Fälle von Mord und Totschlag gesehen, in denen es um wesentlich weniger Geld ging.

„Zum Beispiel weil Horst Böckel knapp hundertachtzigtausend Franken verdiente", antwortete Angela, „und nach unseren Kenntnissen kein sehr aufwändiges Leben führte. Auch Franz Böckel scheint mit seiner Softwarefirma nicht schlecht zu leben. Wenn es um Millionen ginge, dann ja, aber hunderttausend Euro? Ich weiss nicht."

„Pino hat recht", sagte Nick, „wir dürfen die Spur nicht ausschliessen. Wenn Franz Böckel gestern nicht ständig zum Versteck geschaut hätte ..."

„Eben", unterbrach Angela, „und genau das hätte er nicht getan, wenn er und Frauke die ganze Geschichte arrangiert hätten. Dann wäre er clever genug gewesen, dich nicht auf diese Ecke aufmerksam zu machen."

„Ja, könnte sein, aber das war eine unbewusste Augenbewegung." Er schaute auf sein Handy und stand auf. „Wir müssen zurück nach Aarau. Cécile und Gody wollen in einer Stunde über die neusten Resultate informiert werden. Vielleicht bringen die beiden neue Aspekte in die Ermittlungen, wer weiss."

28

„Sind Sie es wirklich, Pfister? Pensionierter Bulle, wohnt in Spanien und taucht mitten am Nachmittag in einer Aarauer Kneipe auf?" Steff Schwager trat mit seinem Bier an den Tisch in der Ecke und setzte sich. „Willkommen daheim."

„Grüezi, Herr Schwager. Ja, ich bin hier wegen eines Pensioniertentreffens. Und ich muss sagen, es gefällt mir immer noch in der Schweiz. Wissen Sie, mit den Spaniern ist es nicht immer einfach, und wenn man es gewohnt ist, dass alles reibungslos funktioniert, hat man so seine Mühe in einem südlichen Land."

„Heisst das, Sie kommen wieder zurück?" Schwager kniff seine Augen zusammen. Man wusste nie, wann sich eine gute Herz-Schmerz-Story ergab. „So im Sinne von 'die Reue des Auswanderers'?"

Peter Pfister schüttelte den Kopf. „Selbst wenn ich wollte, könnte ich mein Haus in Las Rosas nicht verkaufen, der Markt ist am Boden. Keine Käufer, nada."

„Aber die Polizei zahlt Ihnen doch sicher eine grosszügige Rente, davon und von der AHV könnten Sie gut leben hier."

„Schon, aber die Hypothek ist möglicherweise höher als der Preis, den ich fürs Haus bekomme. Wie gesagt, im Moment kommt es nicht in Frage. Warum interessiert es Sie eigentlich?"

„Ach wissen Sie, Pfister", sagte Schwager mit ausladender Geste, und kam etwas näher, „die Kripo ist nicht mehr das, was sie früher war. Aus meiner Sicht könnte man einen wie Sie gut gebrauchen; einen, der weiss was er zu tun hat, statt mit gut aussehenden Arbeitskollegen an der Bar herumzuhängen."

„Wie meinen Sie das?" fragte Peter Pfister misstrauisch. „Auch die Polizei hat mal Feierabend, das wissen Sie genau."

„Aber jetzt hat Baumgarten einen brandaktuellen Mordfall, und trotzdem gibt es Leute, die abends ausgehen und heftig flirten. Die müssten doch arbeiten, wenn nötig rund um die Uhr!"

Schlagartig wurde Peter Pfister klar, woher der Wind wehte. Er schob sein Bier zur Seite, beugte sich vor und zischte: „Lassen Sie Angela in Ruhe, Schwager. Ich weiss, was letztes Jahr passiert ist, sie hat es mir erzählt. An Ihrer Stelle würde ich den Schwanz einziehen und mich vom Acker machen. Jetzt."

Steff Schwager wich zurück und stand auf. „Oh, das klingt sehr gefährlich, Pfister. Aber zum Glück sind Sie ja weit genug weg, in Las Rosas. Hasta luego, hombre."

Peter Pfister zahlte und ging. Er ärgerte sich über sich selbst, weil er dem Journalisten so viel von sich erzählt hatte. Und er war wütend auf Steff Schwager, der versucht hatte, Angela zu vergewaltigen. Er fühlte sich immer noch verbunden mit der Kantonspolizei, insbesondere mit dem Team von Nick Baumgarten, auch wenn die Arbeit nicht immer nur ein Zuckerschlecken gewesen war. Loyalität nannte man das, ein Gefühl, das eine Ratte wie Schwager nicht kannte. Aber wenn Schwager einen privaten Rachefeldzug führte und Halbwahrheiten herumerzählte, sie vielleicht sogar in seiner Zeitung abdruckte, dann musste er wissen, worauf er sich einliess. Er musste mit dem pensionierten Polizisten Peter Pfister rechnen.

Zu Fuss ging er über die Kettenbrücke Richtung Rombach, wo er seit vorgestern das Gästezimmer seiner Schwester bewohnte. Sie und ihr Mann besassen den alten Rombacherhof, ein grosses Haus mit einem vermieteten Restaurant im Erdgeschoss. Nach einer Phase mit asiatischer Küche war der heutige Pächter ein

Secondo aus Italien, ein ehemaliger Kellner, der sich vor einem Jahr selbst an die Führung einer Pizzeria gewagt hatte. Peter hatte allerdings in den letzten Tagen nur wenige Autos auf dem Parkplatz gesehen, und es war nicht auszuschliessen, dass das italienische Gastspiel von kurzer Dauer sein würde. Heutzutage konnte jeder Wirt werden; es gab viel weniger Vorschriften als früher, aber dafür mehr Konkurse. Peter beschloss, einen Espresso trinken zu gehen und die Zeitung zu lesen, vielleicht hatte Schwager ja heute oder gestern etwas geschrieben zum Thema.

29

"Eure Theorie hat mehr Löcher als ein alter Emmentaler", konstatierte Staatsanwältin Cécile Dumont, "es gibt keinen einzigen stichhaltigen Grund, warum ich Marianne Rötheli vorladen sollte." Ihr elegantes dunkelblaues Kostüm sah teuer und massgeschneidert aus, sie wirkte darin ein paar Zentimeter grösser und fünf Kilo leichter als sie in Wirklichkeit war. Aber bei ihr schaute man nur in den ersten Sekunden auf die Figur: ihre blitzenden Augen, ihre ausgeprägte Mimik und ihr Temperament liessen einen alles andere vergessen.

Nick kannte sie gut genug, um zu wissen, dass sie mit ihrer Aussage das Team zu gründlicherer Gedankenarbeit anregen wollte. Sie forderte Disziplin und liess sich nicht mit vagen Ideen und Bauchgefühlen abspeisen, was am Anfang ihrer Zusammenarbeit zu ziemlich heftigen Konflikten geführt hatte, insbesondere mit Pino Beltrametti. Aber mittlerweile wussten alle, dass sich Cécile von guten Argumenten überzeugen liess. Aber nur von guten.

"Sie mauert, sagt nicht alles was sie weiss." Pino fasste sein Gespräch mit Marianne Rötheli nochmals zusammen und versuchte darzustellen, warum er zu diesem Schluss kam.

Cécile schüttelte den Kopf. "Reicht nicht, sie hat das Recht zu schweigen."

Angela versuchte es anders. "Wir haben zuwenig Informationen über die Beziehungen in dieser Familie, zum Beispiel zwischen Stieftochter und Stiefvater, oder zwischen der Mutter und ihrem Exmann. Und wenn der Geliebte deiner Tochter zugleich der Intimfeind deines Mannes ist, hast du ein nicht zu unterschätzendes Motiv."

„Vielleicht", gab Cécile zu, „aber immerhin haben Herr und Frau Rötheli ein bombenfestes Alibi."

„Ja", pflichtete Nick bei, „und auch wenn sie keins hätten, wären sie physisch nicht in der Lage, diese Art von Mord auszuführen. Sie müssten jemanden angeheuert haben."

„Die Frage ist doch", gab Cécile zu Bedenken, „ob eine Mutter ihrer Tochter so etwas antun würde, auch wenn sie zerstritten sind. Eine intelligente Frau weiss, dass sie damit zwar kurzfristig ein Problem aus der Welt schafft, langfristig aber den Respekt und die Liebe ihrer Tochter verliert."

„Mörder denken nicht langfristig, sie handeln einfach", warf Pino ein.

„Nicht in diesem Fall, mein Lieber. Wir haben festgestellt, dass die Mörder Profis waren. Der Täter oder der Auftraggeber, wer auch immer er oder sie ist, handelte nicht im Affekt. Denn wenn man für einen Mord zahlt, oder ihn sorgfältig plant, dann weiss man was man tut." Cécile klappte ihren Laptop zu. „Ich schlage vor, dass ihr euch die Informationen über Sophie Alvarez und ihre Familie auf andere Weise beschafft. Ich sage das auch zu eurem Schutz, denn der Anwalt von Marianne und Werner Rötheli wird uns in der Luft zerreissen, wenn wir keine harten Fakten auf den Tisch legen. Ich kenne ihn, und im Gegensatz zu Steff Schwager könnte er uns echt schaden." Sie packte Smartphone und Laptop in ihre Tasche und stand auf. „Ihr seid Profis, ihr seid kreativ, also lasst euch etwas einfallen. Und im Übrigen würde ich die Spur der D-Mark weiterverfolgen, Geld war schon immer ein tolles Motiv. Ciao!"

Nachdem die Staatsanwältin gegangen war, herrschte betretenes Schweigen. Sie hatte es wieder einmal geschafft, alle zu demotivieren. Von Kreativität war nichts mehr zu spüren, von Begeisterung auch nicht.

„Manchmal wünschte ich, sie wäre etwas weniger analytisch", beklagte sich Pino, „sie lässt uns immer wieder auflaufen. Eigentlich ist sie nichts als eine Spielverderberin."

Nick schwieg. Natürlich hatte Cécile die Pflicht, ihn und seine Leute auf Fehler in der Argumentation aufmerksam zu machen, aber ihr Einfühlungsvermögen liess manchmal schon zu wünschen übrig. Dass die Logik einer Juristin und die eines Ermittlungsteams nicht immer deckungsgleich waren, hatte sie zwar theoretisch akzeptiert, aber sie argumentierte trotzdem immer so, als ob ein Richter im Raum wäre.

„Peter Pfister würde jetzt sagen, früher sei alles besser gewesen", bemerkte Angela, „und manchmal hatte er nicht ganz unrecht." Sie stand auf, streckte ihre Arme aus und liess die Schultern kreisen. „Was nun?"

In diesem Moment setzte sich der Fax mit einem lauten Rattern in Bewegung, und gleichzeitig klingelte Angelas Handy. Sie wandte sich diskret zum Fenster. „Hallo Colin. Ja, wir besprechen gerade die neusten Resultate. – Ja, sicher, wo bist du? – Gut, ich melde dich am Empfang an. Bis gleich." Sie wandte sich um. „Die Rechtsmedizin hat ihren endgültigen Bericht erstellt. Colin ist in fünf Minuten hier und will ihn mit uns besprechen."

„Sehr gut", sagte Nick, „dann erfahren wir vielleicht etwas Neues und können unsere Moral wieder aufbauen. Was sagt der Fax?"

Pino streckte seinen langen Arm aus und nahm mehrere Seiten aus der Maschine. „Bericht von Polizeiobermeisterin Helga Wenk, betreffend Telefonanrufe, Bankkonten und finanzielle Transaktionen von Horst Michael Böckel", las er vor. Er blätterte. „Zuerst kommen ellenlange Listen, dann eine Zusammenfassung, und am Ende eine Schlussfolgerung, zusätzlich unterschrieben von Polizeihauptmeister Uwe Priess. Mann, das sind vielleicht Erbsenzähler, die Waldshuter." Er warf die Papiere mitten auf den Tisch und lehnte sich wieder zurück.

„Zeig mal", sagte Nick und begann zu lesen. „Aber sie haben die gezählten Erbsen genau analysiert und wichtige Schlüsse gezogen. Es wurden in den Filialen der Bundesbank in Freiburg, Villingen-Schwenningen, Karlsruhe und Stuttgart tatsächlich in den letzten Wochen mehr D-Mark in Euro umgetauscht als üblich. Allerdings waren es unterschiedlich grosse Beträge, die von mehreren Personen umgetauscht wurden. Einer davon war Marco Fontana, und eine heisst Sofia Alvarez."

„Warum kennen die die Namen?" fragte Angela.

„Der deutsche Staat", antwortete Pino, „ist scharf auf jeden Cent. Ohne Ausweis kannst du keine solche Transaktion abwickeln, jede Bank registriert deinen Namen."

„Da lobe ich mir die diskreten Bankbeamten in der Schweiz", erklang eine Stimme von der Türe her. „Entschuldigung, ich wollte Sie nicht unterbrechen." Colin MacAdam schloss die Tür hinter sich. „Komme ich ungelegen?"

Angela verneinte und stellte ihn Nick und Pino vor. Man musterte sich gegenseitig und setzte sich an den Tisch.

Colin blickte in die Runde und lächelte. „Hoffentlich erwarten Sie nicht zu viel von mir, ich habe keine grossen Überraschungen. Wie Sie bereits wissen, wurde Horst Böckel mit einem Handkantenschlag an der rechten Halsseite betäubt, anschliessend fesselte man seine Handgelenke hinter dem Rücken, hob ihn an den Armen über die Brüstung und liess ihn hängen, bis er starb. Es gibt Hämatome und Abschürfungen, also gab es vermutlich vorher einen Kampf, vielleicht im Treppenhaus oder auf dem Dach. Ausser Alkohol finden sich keine Drogen in seinem Körper. Alle Organe sind mehr oder weniger gesund, aber viel Bewegung oder gar Sport trieb er nicht, dazu sind seine Beinmuskeln zu schwach. Das kann allerdings damit zu tun haben, dass er hinkte."

Angela zog die Augenbrauen hoch. „Davon hat uns niemand erzählt."

„Erstaunlich", sagte Colin, „denn es muss gut sichtbar gewesen sein. Urs Meierhans sagte mir, die teuren italienischen Schuhe seien sehr ungleich abgelaufen. Ich habe daraufhin nach einer Fehlstellung der Hüfte gesucht, bin aber auf etwas ganz anderes gestossen. Böckels rechtes Knie war voller Drähte. Man hat seine Kniescheibe chirurgisch zusammengeschustert, aber sie muss total zertrümmert gewesen sein. Skiunfälle verursachen solche Verletzungen." Er machte eine Pause. „Oder Baseballschläger."

„Wie alt ist die Verletzung?" fragte Nick.

„Es muss mehrere Jahre her sein, dass er operiert wurde. Ich habe mir erlaubt, eine Mail an zwei mir bekannte Orthopäden in Freiburg und in Zürich zu schicken und sie anzufragen, wer diese Arbeit gemacht haben könnte. Meistens hinterlassen nämlich Chirurgen ihre eigene Handschrift bei Operationen. An die Unterlagen von Unfall- und Krankenversicherungen komme ich nicht heran, das muss die Polizei untersuchen."

„Sein Hausarzt könnte Auskunft geben, oder die Familie." Pino war wie immer der Pragmatiker.

Nach einem Blick zu Nick nahm Angela ihr Handy. „Guten Abend, Frau Böckel. – Nein, zum Verbleib des Geldes kann ich noch nichts sagen, aber wir haben ein paar medizinische Fragen. Ich schalte den Lautsprecher ein, damit wir alle mithören können. Hatte Horst einen Hausarzt?"

„Er war nie krank", sagte Frauke, „da bestand kein Bedarf. Sonst hätten wir unseren Arzt empfohlen, hier im Dorf."

„Er muss sich vor ein paar Jahren eine schwere Knieverletzung zugezogen haben. Wissen Sie etwas darüber?"

„Ja, er war zwei Wochen im Krankenhaus und ging monatelang an Stöcken. Das muss ungefähr vier oder fünf Jahre her sein, er lebte noch in Freiburg."

„War es ein Sportunfall?"

„Niemals", lachte Frauke, „Horst und Sport, das ging gar nicht. Nein, er rutschte im Winter auf dem Eis aus und fiel so blöd, dass sich das Knie total verdrehte. Er hatte schlimme Schmerzen."

„Können Sie mir sagen, wer sein Arzt war? Und in welchem Krankenhaus er operiert wurde?" Alle warteten gespannt auf die Antwort.

„Leider nein. Er war an einer Konferenz in Polen, als es passierte, Warschau oder Krakau, glaube ich. Aber ich kann in seinen Papieren nachschauen, wenn Sie möchten."

„Sehr gerne. Könnten Sie mir bei dieser Gelegenheit auch die Adresse seiner Krankenversicherung heraussuchen, bitte?" Angela schaute in die Runde, aber alle schüttelten die Köpfe, keine weiteren Fragen. „Das wärs für den Moment, vielen Dank, Frau Böckel."

„Können Sie polnisch, Herr MacAdam?" Nicks Frage war rhetorisch gemeint, aber der Rechtsmediziner nickte.

„Leider nur ein paar Worte des täglichen Umgangs, aber es reicht, um einen Kontakt herzustellen. Sobald Sie mir das Krankenhaus und den Namen des Arztes geben, frage ich nach, vielleicht erinnert sich jemand. Wissen Sie übrigens schon, wo das Opfer sein letztes Steak gegessen hat?"

„Nein, wir versuchen immer noch, den Abend zu rekonstruieren. Gibt es sonst noch etwas Auffälliges an der Leiche, Herr MacAdam?" Nick wollte beim Thema bleiben.

„Im Prinzip nicht, aber ohne den Tipp von Urs Meierhans mit den abgelaufenen Schuhen hätte ich das kaputte Knie nicht gefunden. Wenn Sie also eine Vermutung haben oder etwas abgeklärt haben möchten, dann lassen Sie es mich wissen. Ich gebe die Leiche nicht frei, bevor Sie nahe an einer Lösung sind. Exhumieren macht keinen Spass, weder mir noch Ihnen."

Er legte den Bericht in die Mitte des Tischs, stand auf und knöpfte sich automatisch das Jackett zu. Angela beobachtete ihn dabei und fand die Geste elegant. Er zwinkerte ihr zu, verabschiedete sich von allen mit Handschlag und ging.

„Kein Wunder ist Schwager eifersüchtig", murmelte Pino, „ziemlich cool, der Typ."

30

Nachdem Angela die Fakten und Erkenntnisse an den mittlerweile drei Tafeln im Teambüro ergänzt und die Fotos zum Teil neu geordnet hatte, trat sie zwei Schritte zurück und betrachtete ihr Werk. Immer noch gab es keine Stränge, die sich bündeln liessen.

„Alle Spuren führen in unterschiedliche Richtungen", seufzte Nick, „alles könnte wichtig sein, oder nichts. Wir müssen noch genauer arbeiten und mehr Informationen sammeln, eine andere Wahl haben wir nicht."

„Dann listen wir jetzt die Spuren auf, die wir verfolgen müssen." Pino nahm Angela den Stift aus der Hand und stellte sich an die Wandtafel Nummer vier. „Erstens: Familienverhältnisse Rötheli und Alvarez. Zweitens: Umtausch D-Mark in Euro: wer, wann, wo, wie viel. Drittens: Marco und Sophie dazu befragen. Viertens: Böckels Anrufe und seinen Laptop auswerten. Fünftens: Gästeliste Hotel Bahnhof prüfen. Sechstens: Zerstörung Fido. Siebtens: Böckels Knie. Was noch?"

„Rekonstruktion Samstagabend. Mann mit Hut in der Bar, Geländewagen. Mann mit Hut bei Böckel, spanisch sprechend. Und beim Geldumtausch kannst du noch Totalbetrag mit Fragezeichen notieren, wir wissen nicht, ob wirklich ursprünglich so viel Geld im Versteck war." Während sie sprach, kopierte Angela die Fragen in ihren Laptop. „Nick, noch mehr?"

„Bevorzugte Methode Aufhängen. Ich will wissen, ob es Organisationen gibt, die sich dieser Methode bedienen. Und am Ende der Liste schreibst du noch Motiv, dreimal unterstrichen."

Es klopfte an der Tür und Kevin Pedroni streckte seinen Kopf herein. „Störe ich?"

„Nein, wir können Sie hier gut gebrauchen", sagte Nick. „Haben Sie Neuigkeiten?"

„Ja, habe ich." Ein stolzes Lächeln spielte um seinen Mund, als er sein Notizbuch hervorzog. „Das Nachtessen am Samstag fand im 'Steaks & More' in Aarau statt. Drei Männer, alle im Anzug, sassen an einem Ecktisch und waren während des ganzen Essens in ein intensives Gespräch vertieft. Sie bestellten Rib Eye und Porterhouse Steaks mit Beilagen, eine Flasche Rotwein, die aber einer allein trank, drei Desserts, zwei Schnäpse, auch wieder nur für den einen Gast. Die Kellnerin sagt, sie hätten bar bezahlt und ihr ein grosszügiges Trinkgeld gegeben. Derjenige, der bestellte und den Wein trank, war Deutscher, aber miteinander sprachen sie spanisch."

„Spanisch", dachte Pino laut, „vielleicht der Besucher mit Hut?"

„Ja, einer der drei trug einen Hut und einen langen dunklen Mantel. Den Hut behielt er während des Essens auf, was gemäss Kellnerin eigentlich unhöflich ist, aber Gast sei Gast und man dürfe nicht kleinlich sein."

„Wie lange waren sie dort?" wollte Nick wissen.

„Bis halb elf Uhr. Anschliessend waren sie eine gute Stunde im 'Magic', dem Stripschuppen in Schinznach, und dann müssen sie nach Brugg zurückgefahren sein, wo sie um halb eins von dem Zeugen gesehen wurden. Ich habe alles in einem Bericht zusammengefasst und Ihnen per Mail geschickt, Frau Kaufmann."

„Wow, gut gemacht, Pedroni, aus dir wird noch was, wenn du gross bist." Pino klopfte ihm auf die Schulter und schaute zu Nick. „Haben wir noch etwas, was er für uns tun könnte?"

Kevin räusperte sich. „Eh, ich habe eigentlich jetzt drei Tage frei. Aber wenn es unbedingt nötig ist ..."

„Nein", sagte Nick, „wir können im Moment allein weitermachen, Sie haben Ihre Freitage verdient. Aber melden Sie sich, wenn Sie zurück sind, vielleicht brauchen wir Sie."

Der junge Polizist bedankte sich und ging zur Tür, wo ihm ein grosser, schlanker, etwa sechzigjähriger Mann entgegenkam. Er trug Lederjacke, Jeans und Cowboystiefel, sein Gesicht war braungebrannt und seine blauen Augen strahlten. Andrew Ehrlicher, Playboy, Weltbürger, Retter in der Not und bester Freund von Tom Truninger, dem früheren Casinodirektor und Mordopfer, stattete dem Team von Nick Baumgarten einen Besuch ab.

„Good evening, ich weiss dass ich störe, und ich gehe auch gleich wieder." Seine Stimme füllte den Raum, sein amerikanischer Akzent war sogar für Pino wahrnehmbar. „Ich wollte nur fragen, ob mein Freund Nick später Zeit hat für einen Drink." Er wandte sich zu Angela. „Frau Kaufmann, was für eine Freude Sie zu sehen. Sie werden immer schöner."

Angelas Wangen wurden rot. „Danke für das Kompliment, Herr Ehrlicher. Darf ich Ihnen den dritten Mann in unserem Team vorstellen, Pino Beltrametti. Pino, das ist Andrew Ehrlicher, wir hatten in einem früheren Mordfall mit ihm zu tun, und er scheint sich bei uns wohlzufühlen." Die beiden Männer gaben sich die Hand. Ähnliche Typen, dachte Angela, ruhelose Einzelgänger. Nur hat der eine viel mehr Geld und kann überall auf der Welt in den Sonnenuntergang reiten.

Nick sah auf die Uhr. „In etwa einer Stunde müssten wir für heute Schluss machen können, Andrew. Wartest du im 'Einstein' auf mich?"

„Bist du wahnsinnig?" rief Angela, „denk an Schwager!"

„Genau deswegen", schmunzelte Nick. „Vielleicht habe ich die Gelegenheit, ihn zu ignorieren."

Andrew ging zur Tür. „O.k., was auch immer eure

Story ist, in einer Stunde bin ich dort. Auf Wiedersehen."

Sie wandten sich wieder ihren offenen Fragen zu. Nick sagte: „Den letzten Abend von Böckel haben wir nun einigermassen rekonstruiert, aber was nützt uns das? Wir haben keine Ahnung, wer die beiden Begleiter waren, woher er sie kannte, warum er mit ihnen essen ging. Es könnten seine Mörder gewesen sein, aber Beweise haben wir keine, es sind alles nur Mutmassungen."

„Dass sie spanisch sprachen, finde ich ziemlich signifikant", sagte Angela. „Haben wir einen Lebenslauf von Böckel, Pino? Wo könnte er die Sprache gelernt haben?"

„Die Sekretärin von Berbet wollte mir den Lebenslauf mailen. Ich schaue gleich nach." Er ging zu seinem Arbeitsplatz und überprüfte die Mails. „Nichts bisher." Er nahm sein Handy und rief an. Die Personalabteilung sei nicht einfach so bereit, Einblick in Bewerbungs- und Vertragsunterlagen zu gewähren, sagte man ihm. Herr Berbet persönlich müsse sein Einverständnis dazu geben, und der sei leider den ganzen Tag sehr beschäftigt gewesen. Pino wollte sich mit der Personalabteilung verbinden lassen, aber dort war um diese Zeit niemand mehr, der das Telefon beantwortete. „Es kann doch verdammt nochmal nicht so schwer sein, uns bei dieser Ermittlung zu unterstützen", brummte er, „warum stossen wir auf so viel Misstrauen?"

„Vielleicht weil die Fachhochschule ein ganze Anzahl Baustellen hat", sagte Urs Meierhans, der die letzten Sätze gehört hatte, und schloss die Tür hinter sich. „Die werden im Moment an mehreren Fronten angegriffen, vermutlich sind sie deshalb so vorsichtig. Und abgesehen davon wissen wir, dass die Polizei nicht in allen Teilen der Bevölkerung hohes Ansehen geniesst, gelinde gesagt." Er legte zwei Plastiktüten auf den Tisch: die eine enthielt die Schuhe, die Pedroni gefunden hatte, und die andere die Geldbörse, die an der gleichen Stelle gelegen hatte. „Wir konnten den Fingerabdruck auf der Brieftasche identifizieren. Es handelt sich um einen jungen Mann, der in unserer Datenbank mehrfach auftaucht, vor allem wegen Drogen und Diebstahl. Er wird zur Zeit in der psychiatrischen Klinik behandelt, hat einen Entzug gemacht und wird jetzt stationär therapiert statt im Gefängnis zu sitzen. Er heisst Stefan Wernli und gibt zu, das Geld aus dem Portemonnaie geklaut zu haben, und zwar während eines unerlaubten nächtlichen Spaziergangs durch die Gegend rund um die Klinik. Es sei nicht wirklich viel Geld gewesen, etwa hundertzwanzig Franken und siebzig Euro. Die Schuhe habe er anprobiert, sagt er, aber sie seien zu klein gewesen, und er habe sie wieder zurückgelegt. Beide Gegenstände seien gut sichtbar am Boden neben den Bauschutt gelegen, er habe sie nachher verscharrt. Fingerabdrücke und Spuren seiner Kleidung bestätigen die Aussage, ich glaube, er sagt die Wahrheit." Er räusperte sich. „Ich habe mir erlaubt, selbst nach Windisch zu fahren und mit ihm zu reden. Ihr wart alle beschäftigt, und irgend etwas muss ich auch beitragen können zur Lösung dieses Falls. Aber ihr könnt ihn gerne nochmals verhören."

Nick schüttelte den Kopf. „Nicht nötig, zumindest nicht im Moment. Danke dass du so schnell gehandelt hast. Aber warum liegen Schuhe und Brieftasche des Opfers am Boden vor dem Landi-Turm? Haben die Mörder ihm schon dort unten einen Schlag an den Hals versetzt und ihn im Lift nach oben gebracht? Oder spielten sie ein Spiel mit ihm? Jedenfalls haben wir eine weitere offene Frage für unsere Liste. Schreib auch noch Lebenslauf hin, Pino."

„Was ist mit dem Laptop von Böckel?" fragte Pino, während er die Stichworte an der Tafel festhielt. „Hat er seinen Lebenslauf vielleicht dort gespeichert?"

„Wir konnten das Passwort bisher nicht knacken", sagte Urs, „meine Spezialisten brauchen noch etwas mehr Zeit."

Angela hatte eine weitere Frage: „Der zerteilte Roboterhund und der Brief dazu? Irgendwelche Spuren?"

Urs schüttelte den Kopf. „Bisher nicht, aber wir suchen weiter, allerdings ohne viel Hoffnung. Wir wissen auch gar nicht, ob das überhaupt mit dem Mord zusammenhängt."

Sie diskutierten und spekulierten noch eine halbe Stunde, ohne zu einem Resultat zu kommen. Dann verteilte Nick die Aufgaben für den nächsten Tag und verabschiedete sich. Auf dem Weg in die Stadt rief er Marina an und bat sie um Verzeihung dafür, dass er sich mit Andrew verabredet hatte. Sie lachte und erklärte, Andrew habe auch bei ihr angerufen und um ihr Einverständnis gebeten, Nick zu entführen, was sie hiermit offiziell gebe. Nick versprach, wenn möglich nicht allzu spät nach Hause zu kommen. Marina erklärte, sie sei nicht allein, die kleine Katze schlafe neben ihr auf dem Sofa.

31

Die beiden Männer sassen nebeneinander an der Bar und hörten nicht auf zu reden. Andrew hatte sich letztes Jahr bei Nick in aller Form dafür entschuldigt, dass er Marina in die Karibik entführt hatte, und das Hochzeitspaar hatte ihn schliesslich als Trauzeugen verpflichtet. Sie hatten sich seit ein paar Monaten kaum mehr gesehen, weil Andrews Geschäfte es ihm nicht erlaubten, für mehr als ein paar Tage in die Schweiz zu fliegen. Diesmal hatte er die feste Absicht, zwei Wochen bei Maggie und Selma Truninger zu bleiben, seine Mutter im Altersheim bei Bern zu besuchen und, wie er sagte, seinem Freund Nick Baumgarten viel Zeit zu widmen.

„Weiss nicht ob das geht", antwortete Nick, „du tauchst immer genau dann auf, wenn ich am wenigsten Zeit habe. Und diesmal ist es besonders schlimm, weil wir drei Tage nach dem Mord weder konkrete Resultate noch heisse Spuren haben. Dazu kommt ein Journalist, der uns in die Suppe spuckt, und eine Staatsanwältin, die äusserst korrekt sein will. An Tagen wie heute habe ich meinen Job echt satt." Er schüttelte den Kopf und nahm einen Schluck von seinem Primitivo.

„So schlimm ist es also", sagte eine weibliche Stimme hinter seinem Rücken, „und ich bin schuld an der ganzen Misere." Cécile Dumont stand zwischen ihnen. „Ich störe nur ungern, aber ich wollte mich entschuldigen für meinen Auftritt heute Nachmittag. Ich scheine die Moral deines Teams ziemlich untergraben zu haben."

„Das kann man wohl sagen." Nick stellte die beiden einander vor. „Andrew Ehrlicher, ein Freund aus Kalifornien, und Cécile Dumont, die besagte Staatsanwältin. Wie du siehst, ist man nicht einmal am Feierabend vor ihr sicher."

„Well, schöne und clevere Frauen versüssen normalerweise den Feierabend, nicht wahr?" Andrew schaute Cécile tief in die Augen und lächelte. „Auch wenn mein Freund hier Ihre Anwesenheit nicht sonderlich schätzt, Frau Dumont, ich habe gar nichts dagegen. Was trinken Sie?"

Cécile schaute unentschlossen zu Nick, dann musterte sie Andrew. „Aber nur für eine Viertelstunde, ich habe später noch einen Termin." Andrew bot ihr seinen Stuhl an und bestellte ein Glas Chardonnay. Als sie eine Stunde später immer noch zu dritt an der Bar sassen, beschloss Nick, nach Hause zu gehen. Er hatte nicht vergessen, welche Wirkung Andrew auf Frauen hatte, und hier erhielt er direktesten Anschauungsunterricht. Umgekehrt schien auch Cécile kein schüchternes Häschen zu sein, und weder der Grössen- noch der Altersunterschied hinderte sie daran, heftig zu flirten. Er überliess die beiden ihrem Schicksal und machte sich zu Fuss auf den Weg.

* * *

Pino fuhr mit offenem Dach nach Waldshut und stellte seinen Lancia direkt vor die Polizeiwache. Er liess sich zu Helga Wenks Büro führen und setzte sein charmantestes Lächeln auf, bevor er die angelehnte Tür aufstiess. Er stellte sich vor und bat darum, mit ihr die Listen von Telefonanrufen und Geldwechseln durchgehen zu dürfen. Am besten gelänge das wahrscheinlich, sagte er, in einem gepflegten Landgasthof im Schwarzwald. Er habe draussen genau das Vehikel stehen, das zu einem solchen Frühlingsausflug passe. Eine zwar überrumpelte, aber angenehm überraschte Helga Wenk sass eine Viertelstunde später auf dem Beifahrersitz und liess sich das Haar ins Gesicht wehen.

* * *

Marina war sehr erstaunt, als ihr Mann schon gegen halb neun die Haustür aufschloss, denn normalerweise dauerten die Abende mit Andrew mindestens bis Mitternacht. Nick erzählte ihr vom zufälligen Treffen mit Cécile Dumont. „Er kann das Jagen einfach nicht lassen", sagte er, „wenn eine Frau ihm gefällt, muss er sie verführen. Aber so ist er, und solange es sich nicht um meine Frau handelt, kann ich damit leben." Er legte sich aufs Sofa. „Komm, meine Liebste, leg dich zu mir."

„Mit grossem Vergnügen, mein Herr." Sie küsste ihn und lächelte. „Frau Dumont ist übrigens Single, und da darf sie sich alle Freiheiten der Welt nehmen. Vielleicht passen die beiden gar nicht so schlecht zusammen."

„Möglich, aber ich habe keine Lust auf eine zickige Staatsanwältin mit gebrochenem Herzen. Und gebrochene Herzen pflastern nun mal Andrews Weg."

„Oh, wir sind poetisch heute Abend." Sie legte sich neben ihn und schlang ihre Arme um seinen warmen Körper.

„Nicht wirklich. Der Filmtitel heisst 'Leichen pflastern seinen Weg', was eher auf mich zutrifft. Aber vergessen wir es, schönes Weib."

Von seinem Platz auf Nicks altem Sessel schaute der kleine Kater aufmerksam zu.

* * *

Gegen zehn Uhr hatte es Angela endlich geschafft, einen Informatiker beim Kanton zu finden, der erstens um diese Zeit noch arbeitete, zweitens ohne lange Umstände ihre Identität prüfte und ihr drittens ein temporäres Passwort für das Zivilstandsregister gab, gültig genau eine Stunde. Sie loggte sich ein und fand nach kurzer Suche die Familie Alvarez-Rötheli. Innerhalb von zwanzig Minuten hatte sie alles, was sie brauchte. Fernando Alvarez, geboren in Ciudad Juarez, Vater von Sofia

Maria Alvarez, besass seit zehn Jahren die Schweizer Staatsbürgerschaft und wohnte in Möriken. Sie notierte sich die Adresse und beschloss, morgen hinzufahren und ihn persönlich zu seiner Beziehung zu Sophie und ihrem Stiefvater zu befragen. Zuerst aber brauchte sie ein paar Stunden Schlaf.

* * *

Marco Fontana und Sophie Alvarez kamen um halb elf Uhr aus dem Kino und stiegen die Treppe hoch zur 'Odeon' Bar. Sophie bestellte eine Bloody Mary, Marco eine Virgin Mary. Die Sitzecke am Fenster war noch frei, und niemand sass nahe genug, um zu hören, worüber die beiden sprachen. Ein geübter Beobachter hätte aus der Distanz vielleicht festgestellt, dass sie sich zwar gemeinsam über etwas freuten, aber schnell wieder ernst wurden und intensiv diskutierten. Als ob der erste Schritt eines Projekts abgeschlossen wäre, der nächste Teil jedoch noch mehr Konzentration und Anstrengung verlangte.

32

„Ciudad Juarez? Ist das nicht einer der Hauptorte des Drogenkriegs in Mexiko?" fragte Nick am anderen Morgen.

„Ja, es liegt direkt an der Grenze zu Texas, El Paso heisst die Stadt auf der US-Seite", erklärte Angela. „Aber Fernando Alvarez muss in die Schweiz gekommen sein, bevor es dort richtig schlimm wurde mit dem Drogenhandel. Früher ging es in der Gegend eher um illegale Immigration in die USA."

„Also kein Drogenhändler, der Papa von Sophie", sagte Pino. „Was macht er beruflich?"

„Er ist Schichtleiter in der Schokoladenfabrik von Migros in Buchs, wieder verheiratet und wurde nie polizeilich auffällig. Die Gemeindeversammlung von Möriken hat ihn aufgrund sehr positiver Referenzen eingebürgert, er ist bei der freiwilligen Feuerwehr und im Männerchor."

„Dann müsste Werner Rötheli ja seine helle Freude an ihm haben", frotzelte Pino. „Obwohl, für Typen wie ihn bleibt ein Ausländer ein Ausländer."

„Aber den Vater seiner Stieftochter konnte er kaum einfach ignorieren", gab Nick zu bedenken. „Jedenfalls ist es gut, wenn du mit ihm redest, Angela. Einerseits wollen wir wissen, wie der Kontakt zu Sophie und zum Ehepaar Rötheli ist. Du könntest auch versuchen zu erfahren, wie und warum er damals in die Schweiz gekommen ist, und welche Kontakte er noch hat in seinem Heimatland. Möglicherweise gibt es auch einen Mexikanerverein oder etwas ähnliches in der Schweiz."

„Was du da sagst, lieber Chef, hat einen leichten Beigeschmack von Diskriminierung, wenn ich das so sagen darf. Nur weil er Mexikaner ist, soll ich sein Leben durchleuchten?"

Nick kannte seine Angela gut. „Entschuldige, du hast recht. Frag ihn einfach nach Sophie, ihrer Mutter und ihrem Stiefvater, das reicht."

„Und die Gratismuster aus seiner Firma nicht vergessen", warf Pino ein.

„Ja, schon gut, Kollege Beltrametti. Und was machst du heute?"

„Ich? Ich hole die schöne Sofia Maria ab und bringe sie her zum Verhör. Dasselbe mit Marco Fontana, separat natürlich. Helga Wenk hat mir gestern erzählt, dass die beiden seit Wochen immer wieder ein paar Hundert D-Mark in Euro umgetauscht haben, mal in Stuttgart, mal in Freiburg, mal in Villingen-Schwenningen. Sie haben dabei wahrscheinlich manchmal falsche Ausweise benutzt, beziehungsweise sie ihren Mitstudenten geklaut und als eigene vorgewiesen. Die Namen auf Helgas Liste sind hauptsächlich Studenten der Fachhochschule."

Nick schwieg ein paar Sekunden, dann atmete er tief ein und sagte mit drohendem Unterton: „Und warum bitte weiss ich davon nichts?"

Pino hob die Hände in einer beschwichtigenden Geste. „Es scheint, dass Sheriff Priess uns nur die nackten Tatsachen liefern will, während seine umtriebige Helga Wenk auch noch ihr Hirn einschaltet, eins und eins zusammenzählt, interpretiert und weitersucht."

„Und wie hast du es geschafft, dass sie dir Auskunft gibt?" fragte Angela erstaunt.

„Ich kann unwiderstehlich sein, du weisst es nur nicht. Jedenfalls haben wir genug Fakten, um die beiden Studenten in die Mangel zu nehmen. Lassen wir sie abholen?"

„Einen Moment noch", sagte Nick. „Woher wissen wir, dass es wirklich Sophie Alvarez und Marco Fontana waren?"

„Videoüberwachung, natürlich. Helga und ich haben stundenlang ferngesehen gestern Abend."

Angela meldete sich. „Können wir sie überhaupt vorladen? Haben sie etwas Illegales getan?"

Pino mochte es ganz und gar nicht, wenn man an ihm und seiner Arbeit zweifelte. „Hör mal, erstens haben sie falsche Ausweise gebraucht, das ist weder hier noch ennet der Grenze gern gesehen. Zweitens war das höchstwahrscheinlich Böckels Geld, möglicherweise gestohlen. Und drittens ist Geld als Mordmotiv nie auszuschliessen, wie Cécile gestern gesagt hat. Also, was ist?" Er schaute Nick an. „Haben wir einen Grund oder haben wir einen Grund?"

In diesem Moment kam Gody Kyburz herein. „Einen Grund für was?"

Pino rollte die Augen. „Erklärs ihm, Nick. Endlich haben wir eine gute Spur, aber wir zögern und versuchen uns juristisch abzusichern. Ist das noch Polizeiarbeit?" Er verschränkte die Arme vor der Brust. „Wir brauchen nur ein Geständnis, das ist alles."

„Langsam, Pino, langsam." Nick fasste die Situation für Gody zusammen und schlug vor, Cécile Dumont anzurufen. „Sie muss uns grünes Licht geben, sonst sind die Aussagen nicht verwendbar vor Gericht."

Gody nahm sein Handy und rief die Staatsanwältin an. „Frau Dumont, Kyburz hier. Ich glaube, wir brauchen dringend Ihre Unterstützung. Ich gebe Ihnen Nick Baumgarten, er erklärt Ihnen, worum es geht. Es eilt." Er reichte das Telefon an Nick weiter, der ein zweites Mal zusammenfasste und so überzeugend wie möglich zu argumentieren versuchte. Dann hörte er zwei Minuten zu, am Ende nickte er. „Gut, vielen Dank. – Ja, ich sorge dafür. Bis dann." Er schaute in die Runde. „Wir können die beiden befragen, müssen aber diskret vorgehen. Kein Blaulicht, keine Handschellen, keine Gewalt. Am besten machen das die Brugger Kollegen, so geht es am schnellsten. Einverstanden?"

Pino schüttelte den Kopf. „Blödsinn! Genau das erregt Aufsehen. Uns kennen sie, gegen uns werden sie sich nicht wehren. Ich fahre da jetzt selber hin." Er nahm seine Jacke von der Stuhllehne und ging zur Tür. „Wer kommt mit?"

„Du bleibst hier." Gody sprach mit einer neuen Schärfe in der Stimme. „Wir machen es genau so, wie Nick vorschlägt. Wir rufen jetzt die Kapo Nord an und organisieren das."

Pino öffnete die Tür. „Dann will ich wenigstens dabei sein und retten, was zu retten ist. Ciao." Und schon war er weg.

Angela wollte ihm nachlaufen, aber Nick stoppte sie. „Lass ihn. Er kann nicht anders."

Godys Gesicht war wieder einmal rot angelaufen. „Ich habe dir von Anfang an gesagt, dass er Schwierigkeiten machen würde. Ich werde diese Alleingänge nicht mehr sanktionieren, hörst du! Nachher bin immer ich es, der eure Aktionen rechtfertigen muss!" Er stiess mit dem Zeigefinger an Nicks Brust. „Du trägst die Verantwortung dafür, du allein!" Dann stürmte er aus dem Teambüro und knallte die Tür hinter sich zu.

Nick atmete dreimal tief ein und aus. Er hasste diese Konfrontationen. „Angela, ruf die Kapo Brugg an und sag ihnen, was sie zu tun haben. Es muss schnell gehen, bevor Pino ein Chaos anrichtet."

* * *

Vierzig Minuten später war klar, dass sowohl Marco Fontana wie auch Sophie Alvarez weder in ihren Wohnungen noch an der Fachhochschule zu finden waren. Auch die Rezeption des Hotels Bahnhof war verwaist. Die Brugger Kollegen fuhren unverrichteter Dinge wieder zurück in die Kommandozentrale. Weitere zwanzig Minuten später wusste Pino, dass Sophie sich das Auto ihrer Mutter für heute ausgeliehen hatte, ohne allerdings zu sagen, wohin sie fuhr oder ob sie allein unterwegs war. Gody Kyburz und Cécile Dumont fanden es unverhältnismässig, nach den beiden zu fahnden oder ihre Zimmer zu durchsuchen, gaben aber immerhin soweit nach, dass der Eingang zum Haus mit den Studentenwohnungen diskret überwacht werden konnte.

* * *

Pino fuhr nach Gebenstorf zu der Adresse, die oben auf der Gästeliste des Hotels stand. Frau Ehrler lud ihn zu einem Kaffee ein und ging die Hochzeitsgäste mit ihm durch. Nach einer Viertelstunde zeigte sich, dass nur achtzehn der zwanzig Personen zur Hochzeitsgesellschaft gehört hatten. Zwei Namen kannte sie nicht: Hans Schmitz und Peter Möller. Die Buchung war über eine globale Hotelwebseite erfolgt, und Pino wusste schon jetzt, dass es sinnlos war, über diesen Weg an die richtigen Namen und Identitäten zu kommen. Marco Fontana hütete mehr als ein Geheimnis, soviel war sicher.

* * *

Seine Schicht sei um vierzehn Uhr beendet, sagte Fernando Alvarez am Telefon, und er könne selbstverständlich gleich anschliessend im Polizeikommando vorbeikommen, es liege ja beinahe am Weg. Ob denn seine Tochter verdächtig sei, wollte er wissen, und Angela erklärte ihm, es gehe vor allem um Routinefragen zu den Beziehungen zwischen Sophie, ihrer Mutter und ihrem Stiefvater. Herr Alvarez versprach, gegen halb drei Uhr bei ihr zu sein, er helfe der Polizei gerne weiter.

Den Rest des Vormittags verbrachte Angela am Computer und am Telefon mit den Kollegen in Bern, die sich mit organisierter Kriminalität befassten. Sie suchte nach Mustern und Methoden, die sich mit dem Mord an Horst Böckel vergleichen liessen, und sie wurde fündig. Im Drogenkrieg im Norden Mexikos wurden Gegner vorzugsweise erhängt und prominent ausgestellt, besonders wenn es sich um Verräter oder hochrangige Exponenten der Konkurrenz handelte. Dasselbe kam in Georgien und Kasachstan vor, und im Mittelalter hatten auch japanische Krieger so getötet. Das Ganze hatte eine theatralische Komponente, der Tod wurde als Strafe inszeniert. Mal sehen, ob Herr Alvarez vielleicht doch etwas wusste darüber.

* * *

Frauke Böckel rief an und gab Nick die Telefonnummer der Krankenversicherung von Horst. Unterlagen zum Unfall in Polen gebe es im Arbeitszimmer keine, aber der Kongress habe in Krakau stattgefunden, organisiert von der dortigen Universität. Auch dafür hatte sie eine Kontaktnummer. Nick bedankte sich sehr, rief Helga Wenk an und bat sie, bei der Versicherung nach einem Krankenhausaufenthalt in Polen zwischen 2008 und 2010 zu fragen, sie erhalte sicher eher Auskunft als die Aargauer Polizei.

„Einer dieser Fälle, in denen man nach jedem Strohhalm greift, nicht wahr?" sagte Helga mitfühlend. „Ich gebe Ihnen so rasch wie möglich Bescheid. Übrigens, haben Sie Sophie und Marco schon befragt?"

„Ausgeflogen, unsere beiden bunten Vögel", antwortete Nick. „Vielleicht wollen sie noch mehr Geld umtauschen. Aber sie kommen bald zurück, da bin ich sicher."

„Na dann, viel Glück. Ich melde mich."

* * *

Gegen Mittag mailte das Büro von Abteilungsleiter Berbet endlich den Lebenslauf, den Horst Böckel bei seiner Bewerbung für den Professorenposten eingereicht hatte. Seine Sprachkenntnisse schien er tatsächlich in verschiedenen Ländern erworben zu haben: zwei Gastsemester in Shanghai, verschiedene Aufenthalte in Skandinavien, ein Stipendium an der University of Texas in Dallas. In Südamerika oder Spanien allerdings war er beruflich nie gewesen. Nick holte sich eine Karte der USA auf den Bildschirm und suchte Dallas. Zu weit weg von El Paso und der mexikanischen Grenze, aber vielleicht hatte Böckel trotzdem in Texas spanisch gelernt. Andrew würde das für ihn herausfinden können, oder ihm zumindest dabei helfen. Er schuldete ihm etwas für den gestrigen Abend.

* * *

Um halb zwei rief Angela die Rechtsmedizin am Kantonsspital an. Colin MacAdam sei gerade mitten in einer Obduktion, ob es wichtig sei, fragte der Assistenzarzt. Sie müsse unbedingt mit ihm sprechen, es gehe um den Mordfall Böckel, sagte Angela. „Ah, der Herr mit der kaputten Kniescheibe. Einen Moment, ich verbinde."

„Hallo Angela, wie schön von dir zu hören. Du bist auf dem Lautsprecher, weil meine Gummihandschuhe zu blutig sind, um das Telefon zu halten." Er lachte. „Entschuldige, du willst das vermutlich gar nicht hören. Was kann ich für dich tun?"

„Ach weisst du, so ein bisschen Blut macht einer erfahrenen Polizistin nichts aus. Ich habe Neuigkeiten: das Knie unseres Opfers wurde am Szpital Jana Pawla II in Krakau operiert."

„Ah, der polnische Papst. Sinnvoller Name für ein Krankenhaus, gibt den Sterbenden Hoffnung."

„Du bist ja wirklich ein Zyniker, Colin MacAdam.

Also, die Operation fand vor ziemlich genau vier Jahren statt. Du könntest dort anrufen und dich erkundigen, um welche Art Verletzung es sich handelte." Sie diktierte ihm die Nummer und den Namen des Arztes, den die Versicherung Helga Wenk angegeben hatte. „Ich bin gespannt, was dabei herauskommt."

„Ich auch. Bis später, bye."

33

Gross, breitschultrig und geschätzte hundertzwanzig Kilo schwer war der dunkelhaarige Mann mit beginnender Glatze, der Angela in einem Interviewzimmer gegenüber sass. Fernando Alvarez bedankte sich für den Kaffee und schob eine Packung feinster Pralinen über den Tisch. „Keine Bestechung, Frau Kaufmann, nur ein Gruss aus unserem Betrieb. Teilen Sie die Schokolade mit Ihren Kollegen, es ist die Sorte, die auch Männer mögen."

Angela lächelte auf den Stockzähnen und bedankte sich. „Herr Alvarez, wir versuchen, den Mord an einem Professor der Fachhochschule Brugg-Windisch aufzuklären. Ihre Tochter Sophie ist Studentin an der pädagogischen Fakultät, und sie scheint Professor Böckel gut gekannt zu haben. Was wissen Sie darüber?"

Alvarez riss die Augen auf. „Ist Sofia verdächtig? Sie könnte niemandem etwas tun, ganz sicher nicht. Sie ist eine sehr sanfte, liebevolle junge Frau, wissen Sie."

Die Illusionen von Vätern über ihre Töchter gleichen sich immer, dachte Angela. „Hat sie Ihnen je von einem Horst erzählt, oder überhaupt von Beziehungen mit Männern?"

Fernando Alvarez wiegte seinen Kopf hin und her. „Nun ja, wir sprechen eigentlich nicht über diese Dinge. Eher über ihr Studium, oder die zukünftige Arbeit als Lehrerin, solche Sachen."

„Und wie stehen Sie zu Marianne und Werner Rötheli? Haben Sie überhaupt Kontakt?"

Sein Gesicht verdüsterte sich. „Werner mag keine Ausländer. Mich nennt er Papierlischweizer, und ich bin nicht willkommen in seinem Haus." Er hob seine Arme in einer entschuldigenden Geste. „Was kann ich dafür, dass seine Frau einmal in mich verliebt war und mir eine

Tochter schenkte? So ist das Leben, Frau Kaufmann. Ich habe zwar einen roten Pass, aber meine Heimat ist Mexiko."

„Und Ihre Tochter, sehen Sie sie oft?"

Wieder wiegte er seinen Kopf hin und her. „Sie wissen, wie beschäftigt die jungen Leute sind. Wir telefonieren, wir treffen uns manchmal, aber nicht sehr häufig." Er senkte den Kopf, und nach einer längeren Pause hob er ihn wieder und blickte Angela in die Augen. „Sie wollen eine ehrliche Antwort, nicht wahr. Sofia sehe ich nur, wenn sie Geld braucht, oder Schokolade. Sonst lebt sie ihr eigenes Leben, ohne ihren alten Vater."

Angela ging bewusst darauf ein und sagte beschwichtigend: „Ich erinnere mich, dass ich als Studentin meinen Vater auch sehr alt fand, aber das ändert sich, das kann ich Ihnen versprechen. Entschuldigen Sie die private Frage, Herr Alvarez, aber wie haben Sie Sophies Mutter eigentlich kennengelernt?"

„Sie war Kindermädchen bei der Familie meines Onkels in Miami, ich war Praktikant in seiner Firma. Wir waren sehr verliebt, aber nach einem halben Jahr liefen unsere Visa ab und ich musste zurück nach Ciudad Juarez, sie nach Zürich. Ein anderer Onkel war damals mexikanischer Generalkonsul in Genf, und dank ihm konnte ich in die Schweiz reisen und Marianne heiraten. Sie war hochschwanger, und als Sofia geboren wurde, war unser Glück perfekt." Er schien seinen Gedanken nachzuhängen. „Oder wenigstens glaubte ich das. Kurz nach der Geburt fing sie an, mich zu schikanieren, meine mexikanischen Freunde schlechtzureden und mir den Umgang mit ihnen zu verbieten. Sie begann wieder zu arbeiten und lernte neue Leute kennen, auch Werner Rötheli. Er riet ihr, sich scheiden zu lassen von ihrem primitiven Tortillafresser und einen ebenbürtigen Partner zu suchen. Nur um Sofia zu schützen habe ich damals nachgegeben und in die Scheidung eingewilligt; in meiner Heimat hätte ich mich gewehrt, statt als feiger Waschlappen dazustehen." Er seufzte. „Aber die Schweiz ist nicht Mexiko, und so war ich ein geschiedener Mann, der seine Tochter nur alle zwei Wochen sehen durfte, bis sie volljährig war. Wir sind uns fremd geworden, Sofia und ich."

„Aber jetzt sind Sie wieder verheiratet, nicht wahr?"

Fernando Alvarez richtete sich aus seiner zusammengesunkenen Haltung auf und sprühte plötzlich wieder vor Energie. „Ja, und diesmal mit einer Spanierin. Wir passen gut zusammen und sprechen die gleiche Sprache. In ein paar Jahren, wenn ich pensioniert bin, ziehen wir vielleicht in den Süden, oder nach Mexiko."

„Haben Sie Kontakt zu Ihren Landsleuten hier in der Schweiz?"

„Ja, zum Glück, das hat mich damals gerettet. Wir Mexiko-Emigranten sind sehr aktiv in unserem Verein und treffen uns regelmässig. Ich habe auch Schweizer Freunde, aber nur ganz wenige; die Leute hier sind zurückhaltender und vorsichtiger."

Angela wollte das Gespräch zu einem Ende bringen. „Nochmals zurück zu Sophie, Herr Alvarez. Sie wissen wirklich nicht, mit wem sie zusammen war?"

Er schüttelte den Kopf. „Ich kann Ihnen nicht helfen, ich weiss praktisch nichts über meine Tochter ausser ihrer Handynummer."

Als er gegangen war, legte Angela die Schokolade auf Pinos Schreibtisch, machte sich einen starken Espresso und überlegte. Mimik und Gestik von Fernando Alvarez hatten theatralisch und nicht immer echt gewirkt, aber das war vielleicht der kulturelle Unterschied. Man müsste sich beraten lassen von jemandem, der sich auskennt, dachte sie; mittlerweile gab es eine ganze Coaching-Industrie, die sich mit den Unterschieden im Denken und Verhalten zwischen den Völkern beschäftigte. Bei den vertrauten Nordeuropäern konnte sie mit grosser Sicherheit feststellen, wenn jemand log, aber hier traute sie ihrer Intuition nicht.

* * *

Pino stand an einem Tisch vor dem Bahnhofskiosk und beobachtete den Eingang des Hotels. In der letzten Stunde waren drei Personen mit Rollkoffern angekommen, hatten einen Code eingetippt und waren durch die Tür gegangen. Genau wie Marco Fontana gesagt hatte: es waren Stammgäste, die sich auskannten und kein Empfangspersonal brauchten. Plötzlich ging die Glastüre von innen auf und wurde fixiert. Ein grauhaariger Mann trat hinaus und leerte den Briefkasten, dann zündete er sich eine Zigarette an. Pino wartete eine Lücke im dichten Verkehr ab und sprintete über die Strasse. Seinen Ausweis hatte er bereits gezückt. „Guten Tag, Beltrametti von der Kantonspolizei. Ich suche Herrn Fontana."

Der Mann musste mindestens siebzig sein, eher älter. Er nahm den Ausweis und prüfte ihn genau, dann gab er ihn wieder zurück. „Meine Brille ist drinnen, ohne kann ich das nicht lesen, Herr Beltrametti. Mein Name ist Diener, ich bin der Eigentümer des Hotels. Möchten Sie hereinkommen?"

„Nein, rauchen Sie nur weiter, Herr Diener. Wie gesagt, ich suche Herrn Fontana. Es geht um den Mord an einem Professor der Fachhochschule, Horst Böckel hiess er."

„Ja, eine schreckliche Geschichte, nicht wahr. Herr Böckel war Stammgast bei uns, wir haben ab und zu ein paar Worte gewechselt. Smalltalk, nichts Bewegendes, wie man halt so spricht mit Gästen. Marco hatte mehr Kontakt, ich glaube, er war sogar Student bei ihm."

„Wo ist Marco jetzt?"

„Da bin ich überfragt, Herr Beltrametti. Er arbeitet hauptsächlich am Wochenende für mich, manchmal nachts, aber Montag bis Freitag geht er seinem Studium nach. Sie finden ihn sicher irgendwo auf dem Campus."

„Gut, dann werde ich ihn dort suchen. Sagen Sie, arbeitet er schon lange für Sie?"

„Zwei Jahre werden es schon sein, aber so genau weiss ich es nicht. Er ist sehr selbständig und zuverlässig, arbeitet schnell und gründlich. Als Eigentümer bin ich froh, dass er mich und meine Frau entlastet, und er als Werkstudent ist auf einen Verdienst angewiesen – in modernem Business-Deutsch würde man von einer Win-Win-Situation sprechen." Er musterte Pino aufmerksam. „Hat Marco etwas mit dem Tod des Professors zu tun?"

Pino wich aus. „Er war vermutlich eine der letzten Personen, die Horst Böckel lebend gesehen haben, und deshalb ist seine Aussage wichtig. Wir haben schon mit ihm gesprochen, aber es sind noch ein paar Details zu klären. Er soll mich unbedingt anrufen, wenn er heute noch auftaucht."

„Gut. Ich erwarte ihn zwar nicht, aber manchmal kommt er an seinen arbeitsfreien Tagen, um eine Prüfung vorzubereiten oder einen Bericht zu schreiben. Meistens ist es sehr ruhig hier, wissen Sie."

Pino verabschiedete sich und ging wieder auf die andere Strassenseite, diesmal über den Fussgängerstreifen. Selbständig, zuverlässig und gründlich – und abgehauen, mit der schönen, manipulativen Sophie.

34

„Viel zu weit hergeholt, eine Mexiko-Connection. Nur weil Drogenbosse gehängt werden, Böckel mit seinen mutmasslichen Mördern spanisch sprach und der Vater seiner glühenden Verehrerin Mexikaner ist, heisst das noch lange nicht, dass irgend eine Verbindung besteht. Habt ihr wirklich nichts besseres zu tun, als solche Ideen zu entwickeln?" Gody Kyburz war nicht gerade begeistert von den Resultaten, die ihm das Team von Nick Baumgarten bisher geliefert hatte. „Alvarez sagt aus, dass er seine Tochter kaum sieht und nichts weiss über sie. Glaubt ihr ihm oder nicht?"

Angela wusste, dass sie sich auf dünnem Eis bewegte. „Ich bin unsicher. Er wirkte im ersten Moment traurig und frustriert wie viele Väter, die den Kontakt zu ihren Kindern verloren haben. Vielleicht täusche ich mich, aber je länger ich darüber nachdenke, desto mehr habe ich den Eindruck, er habe mir etwas vorgespielt. Wie ein Schauspieler, der alles etwas überspitzt darstellt, mit grossen Gesten und ausdrucksvoller Mimik. Aber wie gesagt, vielleicht ist das in Lateinamerika üblich, ich kenne sonst niemanden aus der Gegend." Sie machte eine kurze Pause. „Jedenfalls könnte er von der Statur her durchaus einer unserer Mörder sein."

„Wie hunderttausend andere grosse und kräftige Männer auch", bemerkte Pino trocken. „Du hast ihn natürlich mit Samthandschuhen angefasst, weil du auf keinen Fall fremdenfeindlich erscheinen wolltest. Du hast ihn zum Beispiel nicht gefragt, wo er am letzten Samstagabend war."

„Stimmt, das hätte ich tun sollen. Ich bin allerdings sicher, dass er mir ein plausibles Alibi präsentiert hätte."

„Hätte, könnte, würde: unsere Erkenntnisse sind in

der Tat mager und von Vermutungen geprägt", sagte Nick. „Mal angenommen, es gibt diese Mexiko-Connection. Was wäre dann unsere Theorie? Wer hat Horst Böckel umgebracht, und warum?" Er zog eine Flipchart zu sich. „Wir müssen fantasieren und brainstormen, sonst bleiben wir blockiert. Ich schreibe, niemand argumentiert oder wertet. Wer fängt an?"

Ein Drogenkurier könnte Böckel gewesen sein, sagte Pino, dann sei etwas schiefgelaufen, er habe nicht bezahlt oder nicht geliefert, oder wollte aussteigen. In diesem Fall wären die Killer aus dem Umkreis des organisierten Verbrechens gekommen und hätten kein persönliches Motiv.

Angela holte noch weiter aus. Bei seinem Aufenthalt in Texas sei Böckel einem Mexikaner in die Quere gekommen, vielleicht wegen einer Frau, oder Geld, oder Drogen. Er habe sich damals absetzen und verstecken können, aber jetzt hätten sie ihn aufgespürt und Rache geübt.

Auch Gody machte mit, obwohl ihm Fakten lieber waren als Gedankenspiele. Fernando Alvarez, mutmasste er, habe vielleicht doch mehr gewusst über das Liebesleben seiner Tochter und wollte sie schützen, indem er Böckel Drogen unterschob und dafür sorgte, dass jemand davon Wind bekam. Aber statt dass Böckel wegen Drogenhandels verurteilt wurde und für längere Zeit hinter Gitter wanderte, hätten die Schläger aus der Drogenmafia kurzen Prozess gemacht und ihn gleich umgebracht.

Werner Rötheli, sagte Nick, gehe ihm nicht aus dem Kopf. Vielleicht habe er Alvarez dafür bezahlt, Böckel etwas anzuhängen oder ihn umzubringen. Vielleicht plante Rötheli, Alvarez anschliessend auffliegen zu lassen, so dass er im Gefängnis landete. Damit wäre er zwei Rivalen losgeworden: einen beruflichen und einen privaten.

Nick schrieb zu allen Theorien Stichworte auf, klebte die Papierbögen an Wand und Fenster, und sie begannen darüber zu diskutieren. Jede Idee hatte ihre Berechtigung: Rache, Eifersucht, Schutz der Tochter waren alles archaische Regungen und bekannte Mordmotive. Aber für keine der Geschichten hatten sie auch nur die geringsten Beweise oder Indizien. Vor allem, und das war vermutlich das Killerkriterium für die Mexiko-Verbindung, gab es keine Spur von Drogen.

Gody verabschiedete sich wegen einer Sitzung mit dem Chefredaktor der Aargauer Zeitung. „Er will mich unbedingt sprechen, man sei vielleicht etwas verunglimpfend gewesen auf der Titelseite. Mal sehen was er vorschlägt."

„Sehr gut", sagte Nick, „und Steff Schwager ignorieren wir weiterhin, auch von der Pressestelle." Gody hielt die Türe auf für die ankommende Cécile Dumont, die sich bedankte und neugierig auf die gepflasterten Wände zuging. „Wie ich sehe, seid ihr heftig am Nachdenken. Ich mache mit, wenn es euch nicht stört", sagte sie und setzte sich.

„Also, mit grosser Wahrscheinlichkeit haben wir es nicht mit Drogen zu tun. Aber dass Alvarez mehr weiss als er sagt, da sind wir uns einig, nicht wahr?" fragte Pino. Alle nickten. Mit einem Seitenblick zu Cécile fügte er an: „Wir müssen ihn nochmals befragen und diesmal etwas härter anpacken. Sein Alibi ist wichtig, seine Verbindung zu Sophie, seine Kontakte im Verein. Ich kann das erledigen, wenn ihr einverstanden seid."

„Mal sehen", sagte Nick, „zuerst will ich weiter fantasieren. Wir haben auch noch die Spur des Geldes, und das ergibt vielleicht ganz andere Motive. Eure Theorien dazu, bitte."

Angela begann. „Böckel brauchte oder missbrauchte Marco und Sophie, um das Geld in kleinen Tranchen umzutauschen, weil er Angst davor hatte, eine Busse für die nicht deklarierte Erbschaft zahlen zu müssen. Er tat es für sich und für Franz und hätte brüderlich geteilt, wenn er am Ende den ganzen Betrag in Euro zusammengehabt hätte. Zwei Fragen zum Notieren: wo sind die umgetauschten Euro, und was haben Sophie und Marco davon."

Pino schüttelte den Kopf. „Die beiden Früchtchen haben das Geld geklaut und versuchen es jetzt möglichst unauffällig zu wechseln. Sie haben an der Party vor ein paar Wochen entweder das Versteck gefunden, oder Böckel hat im Suff davon erzählt. Ein üppiger Honigtopf und eine grosse Versuchung für zwei arme Studenten. Marco Fontana denkt vielleicht, er könne Sophies Liebe so gewinnen. Viel Geld, gewürzt mit etwas Illegalität und Abenteuer. Wenn Böckel dahinterkam und sie zur Rede stellte, haben die beiden ein schönes Motiv."

Cécile hatte eine andere Idee. „Horst Böckel hatte bei irgendjemandem Schulden, ich denke an Spielsucht, Frauen, Drogen. Dieser Jemand will aber natürlich keine alten D-Mark-Scheine, Böckel muss in Euro oder noch besser in Schweizer Franken zahlen. Er braucht die zwei Schweizer Bürger wegen der erwähnten Busse und um seinen Bruder nicht zu alarmieren, und vielleicht sollten sie die Euro auch noch in Schweizer Franken umtauschen, wer weiss. Entweder dauerte das Ganze zu lange, oder Böckel wollte zuwenig zahlen. Vielleicht hatte er versprochen, am Samstagabend das Geld mitzubringen, oder einen Teil davon. Offenbar war es nicht genug, und deshalb brachten sie ihn um."

Nick schien nachzudenken, und Angela schlüpfte in die Rolle der Moderatorin. „Haben wir sonst noch eine Idee, oder eine Theorie? Nick?"

Er schüttelte den Kopf. „Im Moment nicht."

„Gut, dann schlage ich vor, dass sich jeder einen Kaffee nimmt und ein paar Minuten Zeit, um diese sieben Theorien zu überdenken. Was sind unsere Prioritäten, wo müssen wir weiter ermitteln, mit wem müssen wir reden. Und ganz wichtig: was haben wir bisher übersehen?"

Sie standen auf, Pino streckte seine langen Glieder und Cécile kontrollierte ihr Smartphone. Nick beobachtete sie und sah, dass ein Lächeln über ihr Gesicht huschte. Eine Nachricht von Andrew, mutmasste er, und gleichzeitig fiel ihm ein, dass er noch keine Antwort auf seine Frage nach Böckels Aufenthalt in Texas hatte. Er lehnte sich zu Cécile und flüsterte: „Er soll mich anrufen, er ist mir eine Auskunft schuldig." Sie schaute auf, zwinkerte ihm zu und tippte mit grosser Geschwindigkeit eine Nachricht ein. Nach einer Minute klingelte Nicks Telefon.

„Hallo Andrew, danke für den Rückruf. Du bist auf dem Lautsprecher, sonst muss ich alles wiederholen."

„Also, meine Damen und Herren, ich habe mit dem Admin Office der University of Texas telefoniert, wo ein guter Freund von mir arbeitet. Horst Böckel war von September 2008 bis Juni 2009 als Gastdozent am Institut für Informatik in Dallas angestellt. Er hielt zwei Vorlesungen und betreute ein Dutzend Studenten, das heisst, er war beschäftigt, aber nicht übermässig belastet. Der University of Texas ist es wichtig, dass ihre Gäste Zeit haben, sich mit der lokalen Kultur und Bevölkerung befassen, und das hat Horst Böckel unter anderem getan, indem er einen Spanischkurs belegte. Englisch sprach er vom ersten Tag an sehr gut, sagt mein Freund, aber mittlerweile sind etwa ein Viertel der Studenten spanischer Muttersprache, und das wollte Böckel offensichtlich ausnutzen, um auf einfache Weise eine weitere Sprache zu lernen. Es sei unüblich, dass jemand so viele Fremdsprachen ohne Akzent spreche, und man habe ihn deswegen bewundert. Er sei sehr beliebt gewesen bei Studenten und Dozenten, habe sich gut eingegliedert und sei nie negativ aufgefallen, auch nicht bei der Polizei. Ein unbeschriebenes Blatt also, Horst Böckel." Andrew machte eine Pause. „Wenn ihr Zweifel habt, kann ich persönlich bei der Texas State Police nachfragen, oder auch beim FBI und bei der DEA, der Drug Enforcement Agency."

„Herr Ehrlicher, hätte denn die Hochschule überhaupt davon erfahren, wenn es zu irgendeinem Zwischenfall gekommen wäre?" fragte Angela.

„Ich glaube schon, Frau Kaufmann. Die Universität bürgt gegenüber dem Staat für das Wohlverhalten ihrer Gastdozenten, und sie wird über alles informiert, was nicht konform ist. Das hat auch damit zu tun, dass sich die Presse für kleinere und grössere Skandale sehr interessiert und die Schule es sich nicht leisten kann, ihren guten Ruf zu verlieren. Die soziale Kontrolle funktioniert normalerweise auf einem Universitätscampus wunderbar."

„Sehr gut, Andrew, vielen Dank für deine Nachforschungen. Anfragen bei FBI und DEA sind im Moment nicht nötig, glaube ich, und sonst melde ich mich." Nick schaltete den Lautsprecher aus und nahm den Hörer ans Ohr. „Wir sehen uns Samstagabend bei Maggie, ist das richtig? – Nein, natürlich habe ich nichts dagegen, sie ist eine sehr anregende Gesprächspartnerin. – Ja, ausgezeichnet. Bis dann."

„Sag mal, woher kennt der Mann eigentlich alle diese Leute in Schlüsselpositionen, und das auf der ganzen Welt?" In Pinos Frage schwang Irritation mit. „Irgendwie kommt er mir vor wie ein Möchtegern-James Bond: immer auf der Seite der Guten, aber ständig in illegale Machenschaften verwickelt."

Cécile lachte laut heraus. „So genau wollen wir das gar nicht wissen. Solange er uns mit seinen Kontakten weiterhilft, drücken wir ein Auge zu. Ist doch so, nicht wahr?"

Nick schüttelte heftig den Kopf. „Falsch. Er ist einfach sehr gut vernetzt durch seine Hotel- und Immobiliengeschäfte, und er hat mir angeboten, von diesem Netzwerk Gebrauch zu machen. Ohne seinen Kontakt zur spanischen Polizei hätten wir den Mord an Tom Truninger damals nicht aufgeklärt. Ich vertraue ihm."

Angela nahm den Faden wieder auf. „Das bedeutet, dass wir meine Theorie streichen können. Wenn es eine Mexiko-Connection gibt, stammt sie von hier, und es ist Zufall, dass Böckel in Texas war." Ihr Smartphone gab einen leisen Ton von sich, und sie las die Hälfte der Nachricht von Colin MacAdam vor: 'Böckels Knie: kein Baseballschläger, sondern Unfall bei rasanter Schlittenfahrt.' Die andere Hälfte war die Frage nach ihren Plänen für den Abend, die sie mit 'Arbeit, melde mich' beantwortete.

„Für mich sieht es im Moment so aus", sagte Pino und lehnte sich in seinem Stuhl zurück, „dass wir die Theorien mit Bezug auf Drogen oder Verbrecherorganisationen vergessen können. Entweder hat der Mord etwas mit dem Geld zu tun, oder mit Sophie Alvarez und ihrer Patchworkfamilie."

„Oder mit beidem", wandte Cécile ein.

„Kann sein", nickte Pino. „Das heisst für uns, dass wir Sophie und Marco unbedingt finden und vernehmen müssen. Können wir jetzt endlich nach ihnen fahnden, bitte, bitte, Frau Staatsanwältin?"

„Ist ja gut, Pino. Aber bitte stösst dabei die deutschen Kollegen nicht vor den Kopf."

35

Vierundzwanzig Stunden später gab es noch immer keine Spur von Sophie Alvarez oder Marco Fontana. Die Fahndung wurde auf die ganze Schweiz und das grenznahe Ausland ausgedehnt.

* * *

Auf Nachfrage bei der Schokoladenfabrik stellte sich heraus, dass Fernando Alvarez die nächsten drei Schichten mit einem Kollegen abgetauscht hatte, angeblich wegen eines Krankheitsfalls in der Familie. Cécile Dumont ordnete ebenfalls eine Fahndung an.

* * *

Auf dem Parkplatz im Aarauer Schachen, am Ende des Parkfelds unter den Bäumen, stand ein schwarzer Geländewagen mit getönten Scheiben und zwei Bussenzetteln unter dem Wischerblatt. Statt eine dritte Notiz zu schreiben, bestellte der nächste Kontrolleur den Abschleppdienst und informierte die Stadtpolizei Aarau. Die Streifenpolizisten stellten innert Minuten fest, dass der Range Rover vor zwei Wochen im Fricktal gestohlen worden war; die Nummernschilder stammten aus einem Einbruch im Strassenverkehrsamt. Im Kofferraum fanden sie eine an den Händen gefesselte männliche Leiche und viel Blut. Sie sperrten das Gebiet um das Auto mit einem Sichtschutz ab und alarmierten die Kantonspolizei.

* * *

Am selben Nachmittag rief Kathrin Blaser bei der Hotline der Polizei an und meldete, ihr Mann sei seit mehr als achtundvierzig Stunden nicht nach Hause gekommen.

Sie sei beunruhigt, weil er sich in letzter Zeit aggressiv verhalten und seltsame Telefongespräche geführt habe. Die freundliche Dame am Telefon bat Frau Blaser um etwas Geduld, es werde sich so rasch wie möglich jemand bei ihr melden. Sie kenne Kommissar Baumgarten, sagte Kathrin, er sei der Mann ihrer Chefin, und sie würde gerne mit ihm sprechen. Das gehe im Moment leider nicht, Herr Baumgarten sei nicht im Haus. Man werde ihm aber eine Nachricht hinterlassen. Ob sie warten wolle, bis er anrief, oder ob sie nicht besser mit jemand anderem spreche? Sie werde warten, sagte Kathrin.

36

„Fundort ist höchstwahrscheinlich gleich Tatort, damit meine ich den Kofferraum des Wagens", sagte Urs Meierhans nach einem ersten Augenschein. „Ob das Auto hier stand, als er erschossen wurde, muss Nick herausfinden." Er richtete sich auf und machte Colin MacAdam Platz, der sich Handschuhe überzog und und in die Hocke ging, so dass sein Kopf auf gleicher Höhe war wie das Gesicht des Opfers.

„Schuss aus nächster Nähe mitten in die Stirn, Kugel am Hinterkopf ausgetreten. Grob geschätzt gestern Abend, aber mehr kann ich erst später sagen. Wann kann ich ihn haben?"

„Einen Moment noch. Darf ich?" Auch Angela trug Handschuhe. Sie griff in die Hosentaschen des Toten, dann in die Brusttasche seines Hemds. „Nichts. Keine Identität, kein Handy, keine Brieftasche, keine Schuhe, gefesselte Arme. Woran erinnert euch das?"

Colin hob den Kopf des Toten, der auf der rechten Seite lag, und drehte ihn. „Hämatom an der rechten Halsseite, sieht ähnlich aus", bestätigte er. „Ich schaue mir das genau an. Es kann aber auch Zufall sein, weisst du."

„Er ist mit Kabelbindern gefesselt, nicht mit einem Kälberstrick", sagte Urs, „und er hängt nicht, er liegt."

Nick trat zum Wagen. „Wir behandeln ihn als separaten Fall, zumindest solange wir nicht wissen, wer er ist." Er beugte sich über die Leiche und entdeckte, dass aus einer Faust etwas hervorschaute. „Urs, gib mir eine Pinzette, hier ist eine Kette oder etwas ähnliches." Er zog daran und hielt eine Schnur mit Holzperlen und einem Kreuz in die Höhe. „Ein Rosenkranz?"

„Wenn er fünfundfünfzig Perlen hat, zeigen Sie mal." Colin nahm die Kette und zählte. „Stimmt. Und er ist vermutlich kein Kaukasier, oder anders gesagt, nicht rein europäischer Abstammung. Kopfhaar und Schnauzbart sind rabenschwarz, die Haut olivfarben, das Gesicht hat indianische Züge. Mittel- oder Südamerikaner, meiner Meinung nach."

Die andern schauten sich an. Schon wieder Mexiko.

* * *

Zwei Stunden später lag der Leichnam auf dem Obduktionstisch in der Rechtsmedizin. Colin MacAdam machte sich zusammen mit seinem Assistenten auf die Suche nach Parallelen und Unterschieden zu Horst Böckel. Sie fanden den gleichen Abdruck des Handkantenschlags, aber keine Hämatome an den Armen. Die Handgelenke waren hinter dem Rücken gefesselt, aber da es kein Seil war, gab es auch keinen Knoten. Das Opfer war barfuss, aber die Schuhe hatte man im Umkreis von zweihundert Metern nicht gefunden, zumindest bisher nicht. Der Mörder hatte die Waffe nahe an die Stirn des Opfers gehalten und abgedrückt. „Kaltblütige Exekution", sagte Colin in sein Diktiergerät, „Opfer ein Meter sechsundachtzig gross, muskulös, mehrmals gebrochene Nase und verformter Ohrknorpel links. Boxer. Keine Operationsnarben, keine Tätowierungen. Nasenschleimhaut gerötet, Hinweis auf Kokain, Bluttest abwarten."

* * *

Der Abschleppdienst brachte den Geländewagen ins Untergeschoss des Polizeikommandos, wo sich ein Team von Kriminaltechnikern sofort an die Arbeit machte. Nach einer Stunde wussten sie, dass sich Horst Böckel vor nicht allzu langer Zeit in diesem Auto aufgehalten hatte. Am Lenkrad und an der Fahrertüre fanden sich zudem zahlreiche Fingerabdrücke des zweiten Toten. Es gab Seilfasern im Kofferraum, ein Zündholzbriefchen des Restaurants 'Steaks & More' auf dem Rücksitz, und eine einzelne Portionentüte mit Kokain im Handschuhfach. Urs Meierhans kam zum Schluss, dass sie das Fahrzeug gefunden hatten, in dem Horst Böckel am letzten Samstagabend unterwegs gewesen war. Und in dem der Mann, der am Samstagabend am Steuer gesessen hatte, letzte Nacht umgebracht wurde.

***

Es war schon spät, als Nick Baumgarten an der Wohnungstür von Kathrin Blaser klingelte. Sie sah in sein Gesicht und wusste Bescheid. „Sie haben ihn gefunden, nicht wahr. Er ist der Tote vom Schachen."

„Wir sind nicht sicher, er hatte weder Pass noch Führerschein dabei. Aber wir haben das hier gefunden. Kennen Sie diese Perlen?" Er hielt die transparente Plastiktüte in die Höhe, worauf Kathrin in Tränen ausbrach.

„Der Rosenkranz seiner Mutter. Sie starb, als er acht Jahre alt war, und er trug ihn immer bei sich. Wenn Sie das bei ihm gefunden haben, dann ist es Diego." Sie schwankte, Nick hielt sie fest.

„Setzen Sie sich, Frau Blaser. Soll ich jemanden anrufen, Familie oder eine Freundin?"

Sie schüttelte den Kopf, überlegte es sich aber anders. „Vielleicht Nicole. Sie wusste, dass Diego Schwierigkeiten machte, und sie lag mir schon lange in den Ohren, ich solle ihn anzeigen. Wenn ich auf sie gehört hätte, wäre er jetzt vielleicht noch am Leben."

Nick rief Nicole Scherer an und erklärte ihr die Situation. Sie sagte, sie sei in zwanzig Minuten bei Kathrin, und ob er Marina bitten könne, morgen im Kosmetikinstitut einzuspringen, sie hätten einen vollen Terminkalender.

Marina war schockiert über den Tod von Diego. Sie werde Nicole selbstverständlich gerne unterstützen, sagte sie am Telefon, und ob sie sonst etwas tun könne, für Nick zum Beispiel.

„Dass du zuhause bist, wenn ich spät heimkomme, das ist alles was ich brauche. Auch wenn du schon schläfst."

37

„Diego Hidalgo, zweiundvierzig Jahre alt, mexikanischer Staatsbürger. Seit drei Jahren verheiratet mit Kathrin Blaser, eine zweijährige Tochter. Er ging keiner geregelten Arbeit nach, sie ist Mitinhaberin des Kosmetikinstituts, das früher meiner Frau gehörte. Kathrin Blaser sagt, er sei seit ein paar Monaten nächtelang weggeblieben und habe auf ihre Fragen sehr gereizt oder sogar gewalttätig reagiert. Sie glaubt, er habe die falschen Leute kennengelernt und sei von diesen in illegale Geschäfte verwickelt worden. Jedenfalls hatte er plötzlich neue Freunde, neue Kleider und teure Schuhe." Nick seufzte. „Als sie davon sprach, zur Polizei zu gehen, drohte er mit der Entführung der Tochter nach Mexiko, worauf Frau Blaser sich entschied, abzuwarten."

„Und jetzt fühlt sie sich schuldig", stellte Angela fest. „Vielleicht hätten wir seinen Tod verhindern können, wenn sie zu uns gekommen wäre."

„Ach was", wandte Pino ein, „ihr wisst genau, was realistischerweise in einem solchen Fall passiert. Wir hätten ihn befragt und mit einer Warnung entlassen, aber ohne gute Gründe hätten wir ihn nicht einmal observieren dürfen."

„Möglich", sagte Nick, „und es ist sinnlos, darüber nachzudenken. Angela, du gehst bitte mit Frau Blaser in die Rechtsmedizin, sie muss ihren Mann identifizieren. Und wenn sie in der Lage ist, soll sie dir möglichst viel erzählen; gestern Nacht war sie zu erschöpft. Ich will wissen, ob sie seine sogenannten Freunde je kennengelernt hat, wann genau er nicht zuhause war in den letzten Wochen, und so fort. Vielleicht erinnert sie sich an ein Detail, das uns weiterbringt. Wenn nötig müssen wir später die Wohnung durchsuchen."

Angela zog ihre Jacke an. „In Ordnung. Und was macht ihr?"

„Gody will mich an der Pressekonferenz dabei haben. Pino vertieft sich nochmals in die ganzen Unterlagen und hält die Stellung für den Fall, dass die Fahndungen erfolgreich sind. Wir sehen uns spätestens um elf Uhr."

* * *

Statt Akten zu wälzen, griff Pino zum Telefon und rief den Verein der Exilmexikaner an. Der Anrufbeantworter gab ihm die Handynummer des Sekretärs, Rechtsanwalt Dr. Christoph Klaus. Der Name kam ihm irgendwie bekannt vor, aber woher wusste er nicht. Der Anwalt war sehr zuvorkommend, er sei selbstverständlich bereit, der Polizei Auskunft zu geben, und weil er zufällig gerade in Aarau sei, könne er in einer Viertelstunde im Polizeikommando vorbeischauen. Pino machte sich einen Kaffee und notierte die Fragen, die er stellen wollte. Als Herr Klaus zur Türe hereinkam, wusste Pino wieder, wo er den Namen gehört hatte: Christoph Klaus glich seiner Schwester Marianne Rötheli, geborene Klaus, aufs Haar.

„Lassen Sie mich direkt zum Punkt kommen, Herr Klaus. Gestern wurde ein mexikanischer Staatsbürger namens Diego Hidalgo tot aufgefunden. Wir haben Grund zur Annahme, dass er Mitglied in Ihrem Verein war."

„Das ist richtig. Ich wurde heute früh darüber informiert, dass er keines natürlichen Todes gestorben ist."

„Von wem haben Sie es erfahren?"

„Man hat seine Quellen, diese Art von Nachricht verbreitet sich rasend schnell. Was ist passiert?"

„Darüber kann ich Ihnen leider im Moment keine Auskunft geben. Kannten Sie ihn persönlich?"

„Ja, natürlich, ich kenne alle Mitglieder, allerdings

unterschiedlich gut. Diego liess sich von mir beraten, als es um seine Heirat mit Kathrin Blaser ging."

„Was heisst beraten?"

Christoph Klaus lehnte sich im Stuhl zurück und breitete die Arme aus. „Ein weites Feld, Herr Beltrametti, ein weites Feld. In solchen Fällen sorge ich dafür, dass die richtigen Unterlagen für eine Eheschliessung vorliegen; ich stelle sicher, dass es sich nicht um eine Umgehung der Einwanderungsgesetze handelt; ich erleichtere den Mitgliedern unseres Vereins ganz allgemein die Eingliederung in unserem Land. Das ist im Übrigen auch einer der Vereinszwecke, und deshalb ist nicht ein Einwanderer, sondern ein Schweizer wie ich Aktuar, falls Sie sich darüber wundern."

Pino hatte sich die Frage tatsächlich gestellt. „Wie kommen Sie zu dieser Aufgabe? Abgesehen davon, dass Sie vermutlich fliessend spanisch sprechen."

Klaus kniff die Augen zusammen und lehnte sich nach vorn. „Ich denke, Sie kennen die Antwort, Herr Beltrametti."

Pino zögerte eine Sekunde, entschied sich aber für den direkten Weg. „Fernando Alvarez."

Klaus nickte. „Die Heirat meiner Schwester Marianne mit Fernando, und später die Geburt ihrer Tochter, waren mit einem riesigen zeitlichen und administrativen Aufwand verbunden. Damals, ich war noch ein junger Anwalt, beschloss ich, mich auf das Thema Einwanderung zu spezialisieren. Ein Wachstumsmarkt, könnte man sagen." Er lachte. „Es sprach sich herum, dass man sich auf mich verlassen konnte, und so kam ich dazu, das Sekretariat dieses und noch anderer Vereine zu führen. Pro bono, selbstverständlich."

Ein Ehrenamt, aus dem fast automatisch hohe Honorare generiert werden, dachte Pino. Aber es war ja nicht verboten, gute Geschäfte zu machen.

„Fernando Alvarez ist ebenfalls Mitglied in Ihrem Verein, nicht wahr. Kannte er Diego Hidalgo näher?"

„Sie kommen beide aus der gleichen Gegend im Norden von Mexiko, da gibt es immer Berührungspunkte und Gemeinsamkeiten. Als Diego in die Schweiz kam, war Fernando sein Bürge, er hatte bereits den Schweizer Pass."

„Herr Klaus, es kann sein, dass Hidalgo in krumme Geschäfte verwickelt war, möglicherweise Drogen. Was wissen Sie darüber?"

Klaus lachte herablassend. „Ach, Mexikaner und Drogen, ich bitte Sie, Herr Beltrametti. Ein grösseres Cliché fällt Ihnen wohl nicht ein? Nur weil in dem Land, aus dem unsere Mitglieder kommen, in gewissen Gegenden ein brutaler Drogenkrieg herrscht? Es ist eher umgekehrt: die Emigranten sind genau die Leute, die nichts davon wissen wollen, deshalb verlassen sie das Land und ihre Familien." Er schüttelte den Kopf. „Nein, damit haben meine Mitglieder garantiert nichts zu tun."

Pino überlegte fieberhaft. Es musste einen Weg geben, Klaus aus seiner Rolle als Beschützer der Emigranten herauszulocken. Er versuchte es mit der Wahrheit. „Hidalgo hatte keine Arbeit und lebte von den Einkünften seiner Frau. Er scheint aber in den letzten Monaten plötzlich zu Geld gekommen zu sein. Und er drohte seiner Frau, das Kind zu entführen. Haben Sie eine Erklärung dafür?"

Klaus schüttelte betrübt den Kopf. „Nein. Leider weiss mittlerweile jeder Ausländer, dass diese Art von Drohung sehr wirksam ist; sie hält die Frauen davon ab, zur Polizei zu gehen oder sich sonst jemandem anzuvertrauen. Und woher Diego plötzlich Geld hatte, ist mir ein Rätsel. Ich habe nichts davon bemerkt." Er machte eine Pause. „Ich sage es nur ungern, aber vielleicht ist das alles auch einfach nur subjektives Gerede seiner Frau." Er hob die Hände in einer entschuldigenden Geste. „Es gibt nicht nur lateinamerikanische Machos, Herr Beltrametti, es gibt auch dominierende Schweizerinnen, die ihre ausländischen Ehemänner in die Pfanne hauen wollen, entschuldigen Sie den Ausdruck. Mehr will und kann ich dazu nicht sagen."

Vielleicht auch besser so, dachte Pino und brachte den Anwalt zur Tür. „Wir melden uns, wenn wir weitere Fragen haben."

38

„Frau Manz, welche Überraschung. Arbeiten Sie wieder?" Cécile Dumont hängte ihren Regenmantel auf und folgte Marina in einen der drei Behandlungsräume. „Oh, natürlich, jetzt verstehe ich. Sie springen für Kathrin Blaser ein. Eine schlimme Geschichte."

„Ja", sagte Marina nachdenklich, „und ich hätte Nick früher davon erzählen sollen, vielleicht hätte man etwas tun können."

Cécile zog ihre Bluse aus und legte sich auf den Behandlungsstuhl. „Unwahrscheinlich", sagte sie, „Nick weiss genau, dass die Polizei ohne Anzeige von Frau Blaser nichts unternommen hätte. Frauen in dieser Situation müssen einfach lernen, sich zu wehren oder sich Beratung zu holen, daran führt kein Weg vorbei."

Marina setzte sich ans Kopfende und legte Cécile ein Haarband um. „Reinigung, Dampf, Peeling und Maske, wie immer?"

Cécile nickte. „Machen Sie einfach das, was meine Haut braucht. Bedingung ist nur, dass ich heute Abend gut aussehe. Entspannen tue ich mich sowieso immer in diesen Räumen." Sie schloss die Augen, ein leises Lächeln spielte um ihren Mund.

Sie freut sich auf den Abend bei Truningers, dachte Marina, in der Gesellschaft von Andrew. Und sie wird es mit ihrem gewinnenden Wesen schaffen, Maggie und Selma für sich einzunehmen.

Routiniert verteilte Marina eine Reinigungsemulsion auf der Haut von Cécile, massierte sie ein und entfernte sie wieder mit warmem Wasser. Und dann, sinnierte sie, in einer Woche oder zwei, wird Andrew wieder in ein Flugzeug steigen und monatelang nichts von sich hören lassen. Mal sehen, wie gut sie das aushält.

Während der Dampfstrahl die Haut aufweichte, zupfte Marina Céciles Augenbrauen in die richtige Form und entfernte die Haare an Kinn und Oberlippe. Dann stellte sie den Dampf ab und applizierte mit langsamen, kreisenden Bewegungen eine sanfte Peelingcreme auf Gesicht und Hals der Staatsanwältin. Es dauerte nur ein paar Minuten, bis Céciles Atmung ganz ruhig wurde. Sie schlief nicht, aber sie war in einem Zustand tiefer Entspannung. Gut so, dachte Marina, anders als viele Kundinnen muss sie nicht dauernd reden. Und anders als ich kann sie vielleicht mit Andrews Unverbindlichkeit umgehen.

* * *

Als Peter Pfister zur Tür heraustrat, fuhr der Bus vor dem Rombacherhof gerade ab. In einer Viertelstunde kam der nächste, aber er entschied sich, zu Fuss zu gehen. Die Pensionierten trafen sich um elf Uhr vor dem Polizeikommando, von wo sie gemeinsam Richtung Hallwilersee fahren würden. Er hatte also alle Zeit der Welt, und vielleicht reichte es sogar noch für einen kurzen Besuch bei Nick und seinem Team. Zügig ging er durchs Quartier, überquerte die beiden Flussarme der Aare und wandte sich bei der alten Stadtgärtnerei nach links. Das satte Grün der jungen Blätter und das viele Wasser liessen ihn an die trockene Gegend um Las Rosas denken, wo er zwar am Strand des Mittelmeers spazieren gehen konnte, wo aber die Sonne alles verdorren liess, was nicht künstlich bewässert wurde. Die Gegensätze machen die Spannung aus, ging es ihm durch den Kopf, deshalb ist es so langweilig, an einem Ferienort zu leben. Aber wie er Steff Schwager erklärt hatte, gab es finanziell keine Möglichkeit, etwas zu ändern, und seiner Frau gefiel es sowieso viel besser als erwartet. Sie hatte gute Freundinnen gefunden, sowohl unter den nordeuropäischen Auswanderern wie auch im Dorf, ihre Sprachkenntnisse waren viel besser als seine, und sie hatte sogar gelernt, Bridge zu spielen. Keine zehn Pferde würden sie wieder in die Schweiz zurückbringen, davon war Peter Pfister überzeugt. Und eigentlich war das ganz in Ordnung so.

Vor dem Polizeikommando traf er auf eine Handvoll Journalisten, zum Teil mit Videokameras, die gerade aus dem Gebäude kamen. Pressekonferenz, dachte er, und suchte nach bekannten Gesichtern. Schwager war nicht dabei, aber der konnte auch noch im Konferenzraum geblieben sein, um Nick oder Gody mehr Informationen zu entlocken. Er meldete sich am Empfang, wurde herzlich begrüsst und ging die Treppe hinauf in den zweiten Stock. Im Teambüro fand er Pino, der vor den Pinnwänden hin und herging.

„Der alte Pfister, das gibts ja nicht. Buenos dias, was machst du hier?"

„Sali Beltrametti, wie gehts? Das Pensioniertentreffen beginnt in einer halben Stunde, und ich wollte kurz hereinschauen und grüezi sagen."

„Gut siehst du aus, Pfister, der Ruhestand scheint dir zu bekommen. Wie du siehst, sind wir voll beschäftigt mit diesem neuen Mordfall. Du hast sicher davon gelesen."

Pfister nickte und senkte seine Stimme. „Ja, allerdings kenne ich die Details nicht. Apropos Zeitung: sag mal, was hältst du von Schwager?"

Pino zuckte mit den Schultern. „Ein armseliger Reporter, der sich über seine Wichtigkeit Illusionen macht. Er schafft es trotzdem immer wieder, unsere Leute in Rage zu bringen. Warum fragst du?"

„Mal angenommen, er müsste sich eine andere Stelle suchen, zum Beispiel als Pressechef einer Behörde."

„Pfister, was hast du vor? Pass auf, du gehörst nicht

mehr dazu, kannst dich nicht mehr mit der Staatsgewalt rechtfertigen."

„Eben genau deswegen kann ich vielleicht ein paar Fäden ziehen, ohne dass es auf euch zurückfällt. Mal sehen." Er wandte sich zur Tür. „Ciao Beltrametti, grüss mir Nick und Angela. Wenn die Zeit reicht, schaue ich anfangs Woche nochmal vorbei."

39

„Habe ich Halluzinationen, oder war das eben Peter Pfister, der zum Haupteingang hinausging?" Gody Kyburz und Nick Baumgarten hatten der Videojournalistin der lokalen Fernsehstation noch ein paar Fragen beantwortet und waren auf dem Weg zum Lift.

Nick drehte sich um. Draussen stand eine Gruppe älterer Herren, die sich begrüssten und auf die Schultern klopften, als hätten sie sich seit langer Zeit nicht mehr gesehen. „Heute ist Pensioniertentag, es kann schon sein, dass er von Spanien angereist ist." Er zögerte, es gab so viel zu tun, und für Smalltalk hatte er jetzt wirklich keine Zeit.

„Lass ihn", sagte Gody, „wenn er dich sehen will, meldet er sich." Während sie auf den Lift warteten, zog er Bilanz. „Nicht schlecht gelaufen diesmal, was meinst du?"

„Soso lala", fand Nick, „zum Glück war wenigstens Steff Schwager nicht dabei. Aber sein Stellvertreter hat auch ganz schön gebohrt und kritisiert, ganz in der alten Tradition. Hast du eigentlich etwas erreicht mit dem Chefredaktor?"

„Nicht viel, ausser dass er versprochen hat, Schwager werde seinen Ton mässigen und das Privatleben unserer Leute in Zukunft privat sein lassen. Wir müssen das beobachten und eingreifen, wenn er wieder damit anfängt." Er schaute auf die Uhr. „Zwanzig Minuten, in Ordnung?"

* * *

Um elf Uhr waren sie wie vereinbart zur Besprechung versammelt. Auch Colin MacAdam und Urs Meierhans waren da, nur Cécile Dumont hatte gemeldet, sie werde sich um eine Viertelstunde verspäten.

Nick leitete die Sitzung. „Wir haben jetzt nicht nur einen, sondern zwei Tote innerhalb einer Woche. Es besteht der dringende Verdacht, dass die Morde zusammenhängen, aber ganz sicher sind wir nicht. Es ist also besonders wichtig, dass wir uns nicht nur auf eine Ermittlungsschiene konzentrieren, sondern Augen und Ohren offen halten für Hinweise, die in eine andere Richtung führen könnten. Herr MacAdam, wollen Sie anfangen mit den Resultaten der Gerichtsmedizin?"

„Gerne." Colin tippte ein paar Mal auf sein Tablet und hielt es dann so, dass alle den Bildschirm sehen konnten. „Hier haben wir die Fotos des Toten von gestern. Ich kann mit grosser Sicherheit sagen, dass er wie Böckel mit einem seitlichen Schlag gegen den Hals betäubt wurde, hier sehen Sie das entsprechende Hämatom. Er war damit wehrlos und konnte an den Handgelenken gefesselt und in den Kofferraum des Geländewagens gelegt werden. Dann wurde er mit einem Schuss in die Stirn exekutiert, die Kugel trat am Hinterkopf wieder aus. Ich kann nur wiederholen, dass es sich hier um einen kaltblütigen Mord handelt, ausgeführt von jemandem, der nicht zum ersten Mal tötete. Entweder ist der Mörder ein Profikiller, oder er war in einem Krieg und hat sein Handwerk dort gelernt. Im Unterschied zu Böckel haben wir es bei diesem Toten mit einem Kokain-User zu tun; der Zustand seiner Mund- und Nasenschleimhäute ist eindeutig, und auch im Blut gibt es Spuren. Alkohol war nicht im Spiel. Der Tote war früher einmal – und vielleicht bis in letzter Zeit – aktiver Boxer, das sehen Sie hier an diesem Ohr, das ein bisschen an Broccoli erinnert, und an der gebrochenen Nase. Sonst war er gesund, keine Verletzungs- oder Operationsnarben. Dass er keine Schuhe trug kann Zufall sein, aber es kann sich auch um eine Art Visitenkarte des Mörders handeln. Es ist auf jeden Fall, wie bei Böckel, ein Mysterium. Haben Sie Fragen?"

„War der Schuss aufgesetzt?" wollte Pino wissen.

„Vermutlich nicht, aber es wurde aus einer Distanz von maximal fünfzig Zentimetern geschossen, rund um die Wunde sind entsprechende Spuren feststellbar. Genauer geht es leider nicht, dazu müssten wir die Tatwaffe haben und wissen, ob ein Silencer gebraucht wurde, wie sagt man auf Deutsch, ein Schalldämpfer."

„Wann starb er?" fragte Angela.

„Zwischen zwanzig und zweiundzwanzig Uhr vorgestern Abend."

„Vielen Dank", sagte Gody Kyburz, „jetzt die Kriminaltechnik. Urs?"

„Die Kugel haben wir im Polster des Rücksitzes gefunden, von der Waffe selbst gibt es im Umkreis des Fundorts keine Spur. Ich kann nur bestätigen, dass Hidalgo dort erschossen wurde, wo wir ihn fanden. Wenn das Auto während der Tat auf dem Parkplatz im Schachen stand, ist es sehr wahrscheinlich, dass ein Schalldämpfer benutzt wurde, sonst hätte jemand um diese Zeit den Schuss gehört. Es kann aber gut sein, dass der Mord an einem ganz anderen Ort ausgeführt und das Auto später auf den Parkplatz gefahren wurde. Wir haben Bodenproben aus den Reifen genommen, aber es wird nur mit einer grossen Portion Glück möglich sein, sie einem bestimmten Ort zuzuordnen. Nun zu den Spuren im Wagen selbst. Wir haben wie gesagt Fingerabdrücke von Horst Böckel gefunden, und zwar auf der rechten Seite hinten. Es sind ziemlich deutliche und damit junge Abdrücke; wir gehen davon aus, dass es nicht länger als eine Woche her ist, dass Böckel in dem Auto sass und sich an der Handschlaufe an der Decke festhielt. Auch auf der Schnalle des Sicherheitsgurts sind seine Spuren zu finden. Diego Hidalgo hingegen sass meistens auf dem Fahrersitz; hier gibt es ältere und neuere Abdrücke. Es gibt Spuren von mehreren weiteren Personen, die wir aber nicht identifizieren können, und es gibt eine Menge Fasern, unter anderem solche, die mit dem Seil übereinstimmen, an dem Böckel hing. Wenn ich alle diese Spuren interpretieren müsste, würde ich sagen, dass es sich bei dem Range Rover mit grosser Wahrscheinlichkeit um das Fahrzeug handelt, in dem Böckel und seine Mörder am vergangenen Samstagabend unterwegs waren. Allerdings ist die Interpretation der Fakten eure Sache, nicht meine."

„Das hiesse dann", sagte Nick, „dass Diego Hidalgo einer der Mörder war. Und um weiter zu spekulieren: er war der Gehilfe, wusste zu viel und wurde deshalb umgebracht. Anderseits kann man nicht behaupten, dass wir ihm auf der Spur gewesen wären; wir kannten ihn überhaupt nicht, und es bestand für uns bisher keine Verbindung. Warum also gerade jetzt?"

„Eine Vorsichtsmassnahme", sagte Angela. „Der dritte Mann, bei dem wir vermutlich das Motiv suchen müssten, räumte ihn aus dem Weg, um sich selbst nicht zu gefährden. Als Drogenkonsument war Hidalgo ein unsicherer Partner, der unter Umständen geredet hätte."

Colin schüttelte den Kopf. „Muss nicht sein. Es kommt darauf an, wie oft er Kokain geschnupft hat. Gelegentliche User sind nicht in jedem Fall unzuverlässig, sie können längere Zeit ohne die Droge auskommen und sind nicht zwingend besessen davon, einen Vorrat zu haben. Man kann sehr gute Leistungen erbringen, wenn man die Sucht im Griff hat." Er machte eine Pause. „In jeder Firma, in jeder Anwaltskanzlei, in jedem Spital gibt es gut qualifizierte Leistungsträger, die ab und zu eine Nase voll Kokain nehmen. Ich gehöre übrigens nicht dazu."

„Das will ich doch sehr hoffen, mein Lieber", sagte Cécile Dumont und schloss energisch die Tür hinter sich. „Entschuldigt die Verspätung, ich konnte meinen Termin bei der besten Kosmetikerin der Stadt nicht verschieben." Sie schaute in die Runde. „Also doch eine Drogengeschichte?"

„Nicht unbedingt", sagte Gody gereizt. Er mochte es nicht, wenn jemand zu spät kam, und schon gar nicht wegen eines privaten Termins. Anderseits war Cécile so entwaffnend in ihrer Offenheit, dass er ihr nicht lange böse sein konnte. Er fasste die Resultate für die Staatsanwältin zusammen und sagte: „Und, was halten Sie davon?"

„Schwer zu sagen", antwortete Cécile. „Was natürlich vor allem fehlt, sind irgendwelche handfesten Beweise, wie beispielsweise die Identität des dritten Mannes vom letzten Samstag. Aber ich will euch nicht in die Suppe spucken und schlage vor, dass ihr weiterhin auf der Basis eurer Hypothese arbeitet. Hidalgo, Böckel und noch jemand waren also zusammen im Range Rover unterwegs, dann wurde Böckel von den beiden anderen am Landi-Turm aufgehängt. Fünf Tage später wurde Hidalgo von der dritten Person erschossen. Drei kleine Negerlein, wenn ich so sagen darf, und jetzt ist nur noch einer da, der uns sagen könnte, was genau vor einer Woche passiert ist. Wir wissen weder wer er ist, noch wie wir ihn finden können."

„Aber wir haben zwei oder sogar drei Personen, die wir gerne dazu befragen würden", sagte Nick. „Fernando Alvarez, seine Tochter Sophie und Marco Fontana, von dem wir annehmen, dass er mit Sophie unterwegs ist. Mindestens erhoffen wir uns wichtige Hinweise bezüglich des Geldschatzes der Brüder Böckel."

„Und wenn wir Nägel mit Köpfen machen wollen, müssen wir die Fahndung endlich auf ganz Europa oder die Welt ausdehnen, verdammt nochmal." Pino war aufgestanden und ging hin und her wie ein Tiger ins einem Käfig. „Wenn Alvarez etwas damit zu tun hat, kann er längst in Mexiko sein."

„Nicht von der Schweiz aus, die Passagierlisten aller Airlines wurden überprüft", wandte Angela ein.

„Aber von Frankfurt, Paris, Amsterdam oder irgend einem anderen Flughafen! Er kann in ein paar Stunden mit dem Auto oder sogar mit dem Zug dorthin gekommen sein. Wir haben keine Chance, und wir sind selber schuld." Pino starrte Angela an. „Wir hätten ihn härter anpacken müssen."

„Ja, schon klar", sagte Angela. „Im Nachhinein weiss man immer alles besser, vor allem die lieben Kollegen."

„Ja, richtig, die lieben Kollegen!" Pino war laut geworden. „Dank deines politisch korrekten Umgangs mit Ausländern warst du zu sanft mit ihm, obwohl deine Intuition dir sagte, dass er log. Verdammte Heuchelei!"

„Hör doch auf mit deinen Anschuldigungen. Ich hatte keinen Grund, ihn nach seinem Alibi zu fragen oder ihn erkennungsdienstlich zu behandeln. Schliesslich wollten wir ursprünglich nichts anderes von ihm als Auskunft über seine Tochter und deren Zweitfamilie. Ich gebe zu, dass ich einen Fehler gemacht habe, o.k.?"

„Langsam, langsam. Die Befragung von Ausländern ist und bleibt ein heisses Eisen", sagte Gody, „das weisst du auch, Pino. Sobald wir Druck ausüben, steht ein Anwalt da, der uns Fremdenfeindlichkeit und Parteilichkeit vorwirft."

„Erstens ist Alvarez Schweizer", gab Pino zurück, „und zweitens war Klaus, der Anwalt des Mexikanervereins, durchaus bereit uns zu helfen."

„Christoph Klaus", sagte Cécile, „ist ein sehr gewandter, um nicht zu sagen windiger Anwalt, der überall dort mitmischt, wo es etwas zu verdienen gibt. Er bewegt sich immer an der Grenze zur Illegalität, weiss aber haargenau, wo und wann er sich zurückziehen muss. In mehreren Verfahren ist es der Staatsanwaltschaft Solothurn nicht gelungen, ihm etwas nachzuweisen. Er wird uns nicht mehr sagen als genau das, was er will, und er ist gut darin, seine Gesprächspartner in die Irre zu führen. Wir dürfen uns nicht darauf verlassen, dass er uns in irgendeiner Art und Weise hilft. Vergessen wir ihn."

Pino schüttelte den Kopf, aber für den Moment gab er sich geschlagen. „Jedenfalls könnte Papa Alvarez über alle Berge sein. Helga Wenk soll mindestens die Passagierlisten ab den deutschen Flughäfen prüfen", sagte er mürrisch und verschränkte seine Arme.

In diesem Moment läutete Angelas Handy. „Ja, Kaufmann? – Wer ist da? – Ach, Frau Böckel. Aber warum flüstern Sie? – Einen Moment bitte, bleiben Sie dran."

Sie wandte sich aufgeregt an die anderen. „Sophie und ein junger Mann sind bei Böckels aufgetaucht und sagen, sie müssten Unterlagen für ihr Studium suchen. Roter Polo mit fünfstelligem Aargauer Kennzeichen, das ist Marianne Röthelis Wagen. Helga Wenk soll sofort hinfahren."

„Achtung, nicht verhaften", rief Cécile dazwischen, „sonst brauchen wir Wochen, bis sie ausgeliefert werden!"

Angela sprach wieder ins Telefon. „Frau Böckel, lassen sie die beiden in Horsts Wohnung und bleiben Sie bei ihnen. Tun Sie so, als ob Sie ihnen helfen wollten und versuchen Sie zu erfahren, was genau sie suchen. Halten Sie sie so lange wie möglich auf, wenn nötig mit Kaffee und Kuchen. Unsere Kollegen aus Waldshut sind sobald als möglich bei Ihnen, wir brauchen etwa vierzig Minuten. Rufen Sie mich an, wenn etwas ist. – Ja, in Ordnung, bis dann."

Ein paar Sekunden später beendete Nick sein Gespräch mit Waldshut. „Leider hat Uwe Priess Dienst, aber er schickt gleich einen Streifenwagen. Pino, hast du die Handynummer von Helga Wenk?"

Aber Pino war schon am Telefon. „Helga, bist du in der Nähe von Küssaburg? Unsere Zugvögel sind bei Böckels aufgetaucht. – Zwanzig Minuten? Nicht schneller? – Ja, haben wir, aber wir brauchen dich, nicht deinen Chef – Ja, schon klar, aber bei uns geht es um den Mord, das verstehst du doch! – Gut, dann bis gleich. Und noch etwas: Passagierlisten nach Mexiko durchsuchen, Name Fernando Alvarez. Ciao." Er nahm seine Jacke von der Stuhllehne. „Ich fahre sofort hin, sonst richten die deutschen Kollegen ein Chaos an und wir können unsere Befragung vergessen. Wer kommt mit?"

„Angela, du fährst mit Pino", sagte Nick, „ich koordiniere hier die Aktion mit Waldshut. Nehmt einen unmarkierten Polizeiwagen, dann könnt ihr mit Blaulicht und Sirene fahren, mindestens bis zur Grenze. Wir bleiben die ganze Zeit in Kontakt, bitte."

„Ziel der Aktion nicht vergessen", rief Gody den beiden nach, „Sophie Alvarez und Marco Fontana hierher bringen, alles andere ist zu kompliziert!" Er wusste nicht, ob noch jemand zuhörte.

„Immerhin", sagte Cécile und ging zur Kaffeemaschine, „kommt etwas Bewegung in die Sache. Wir können allerdings nicht davon ausgehen, dass Waldshut darauf verzichtet, die beiden Studenten zu befragen. Schliesslich haben sie vermutlich auch in Deutschland ein Verbrechen begangen."

„Nicht unbedingt", wandte Urs Meierhans ein, „wenn sie das Geld im Auftrag von Böckel umgetauscht haben."

„Allerdings haben sie falsche Ausweise verwendet, und überhaupt stellt sich die Frage, wo die Beute jetzt ist. Aber das werden wir sicher bald wissen. Wer will einen Espresso?" Sie machte sich an der Maschine zu schaffen und lachte. „Es ist ein bisschen wie früher: die einzige Frau in der Runde bringt den Kaffee."

Colin MacAdam unterdrückte ein Gähnen. „Werde

ich noch gebraucht? Ich habe die ganze Nacht mit Diego Hidalgo verbracht und müsste mich gelegentlich ein paar Stunden hinlegen."

„Oh, interessant", frotzelte Cécile. „Muss anstrengend gewesen sein."

„Schon", gab Colin trocken zurück, „Sie wissen, man muss sich konzentrieren und kommt ins Schwitzen."

Schon wieder ein Flirt, dachte Nick, der Gerichtsmediziner ist nicht zu unterschätzen, genauso wenig wie die Staatsanwältin. „Ich glaube, Sie können nach Hause gehen, Herr MacAdam. Wir rufen Sie an und wecken Sie, wenn wir Sie brauchen."

„Dann mache ich mich auch vom Acker", sagte Urs Meierhans, „ich muss noch ein Geschenk für meine Tochter kaufen, sie hat heute Geburtstag. Falls es dringend ist, komme ich wieder, aber lieber nicht." Nick bewunderte Urs manchmal für seine Fähigkeit, sich abzugrenzen und seine Familie an die erste Stelle zu setzen.

Auch Gody ging zurück in sein Büro, und Nick blieb mit Cécile allein. Er rief Marina an, erreichte aber nur den Beantworter und hinterliess eine kurze Nachricht. Cécile ging vor den Infotafeln hin und her und überlegte, ob nicht doch vielleicht etwas vergessen worden war, irgend ein Detail oder eine Spur. Aber das Mysterium, wie Colin es genannt hatte, blieb rätselhaft, der Nebel wollte sich nicht lichten.

40

„Sie waren schon weg, als ich ankam", sagte Helga Wenk am Telefon, „sie haben Lunte gerochen und sind schnellstmöglich wieder abgehauen, den Berg runter Richtung Rhein. Auch die Kollegen aus Waldhut kamen zu spät. Wir haben sie verloren."

„Dilettanten, absolute Anfänger", schrie Pino, schaltete die Sirene ein und fuhr viel zu schnell durch Bad Zurzach. „Sie können irgendwo sein."

Er zweigte links ab auf die Brücke nach Deutschland. Auf halbem Weg kam ihnen der rote Polo entgegen. „Oder sie fahren direkt in die Falle", grinste er. Geistesgegenwärtig liess er den Wagen die Brücke Richtung Schweiz passieren, dann wendete er mit quietschenden Reifen und stöhnender Achse über den Randstein, überholte den Polo kurz vor der Einbiegung in die Hauptstrasse und stellte sein Auto quer. Er sprang heraus, zog seine Waffe und öffnete die Fahrertür des Polos, Angela rannte zur Beifahrerseite. „Sophie Alvarez und Marco Fontana, Sie sind vorläufig festgenommen."

„Ach ja, warum denn, Herr Kommissar?" Sophies Augenaufschlag war umwerfend unschuldig. Ganz langsam hob sie die Hände vom Steuerrad. „Wir haben doch nur einen kleinen Ausflug gemacht, nicht wahr, Marco?"

Beifahrer Marco Fontana war bleich und schaute auf Pinos Waffe, die auf Sophie gerichtet war. „Einen kleinen Ausflug, ja." Er schluckte. „Alles ganz legal, und Sie brauchen uns nicht zu drohen. Wir sind ganz brav." Er konnte seinen Blick nicht von der Pistole abwenden, und Angela gab Pino über das Dach hinweg ein Zeichen, sie wegzustecken. Er schüttelte den Kopf.

„Autoschlüssel", sagte er und streckte Sophie seine linke Hand hin. Aufreizend langsam nahm sie den

Schlüssel aus dem Zündschloss und liess ihn in Pinos Hand fallen. „Und jetzt aussteigen, ganz langsam, die Hände bleiben oben. Sie auch, Fontana." Wie im Film mussten die beiden Studenten ihre Hände aufs Autodach legen und wurden nach Waffen abgetastet. Dann legte Pino ihnen Handschellen an und verfrachtete sie auf die hinteren Sitze des Polizeiwagens. Die ganze Aktion dauerte vielleicht drei Minuten, aber schon hatte sich eine Handvoll Schaulustiger eingefunden, die aus gebührender Distanz das Geschehen beobachteten. Auch das leise Klicken von Kameras und Handys war zu hören. Egal, sie hatten was sie wollten. Pino verriegelte die Türen, schaltete Blaulicht und Sirene ein und fuhr mit Sophie und Marco nach Aarau. Angela telefonierte mit Nick, setzte sich ans Steuer des Polo fuhr Pino nach.

41

Marco Fontana wurde im Polizeikommando zunächst mittels Fotos, Fingerabdrücken und Speichelprobe erkennungsdienstlich erfasst, dann führte man ihn in einen Befragungsraum. Er verzichtete darauf, jemanden anzurufen. Sophies Daten waren bereits im System; sie benutzte den einen Anruf, der ihr unter Aufsicht gestattet war, dazu, ihre Mutter um einen Anwalt zu bitten. Auch sie wurde in ein Verhörzimmer gebracht.

Hinter den Kulissen berieten Nick und sein Team konzentriert, welche Strategie sie in den Befragungen anwenden wollten. Auf den ersten Blick schien es klar, dass Fontana eher einknicken würde als Sophie, deren Anwalt ihr sicher raten würde zu schweigen. Sie entschieden sich dafür, beide zuerst danach zu fragen, wohin ihr Ausflug sie geführt habe, falls sie sich abgesprochen hatten. Dann würden sie sie mit den Videoaufnahmen aus den deutschen Bankfilialen konfrontieren. Das Ganze musste in hohem Tempo ablaufen, um Druck aufzubauen.

„Pino, du sprichst mit Marco Fontana, ich befrage Sophie Alvarez. Angela, du gehst in den Zwischenraum und beobachtest, was abläuft, und gibst uns wenn nötig Anweisungen oder greifst ein. Cécile, du bleibst bei Angela." Die Männer klemmten ihre Funkempfänger ins Ohr und nahmen die Laptops, auf denen sie die Videos abspielen konnten. „Wenn der Anwalt kommt, gebt ihr mir Bescheid. Los."

* * *

„Frau Alvarez, wo waren Sie die letzten zwei Tage?" fragte Nick, nachdem er sich vorgestellt hatte.

„Eigentlich geht Sie mein Privatleben gar nichts an, Herr Baumgarten. Aber bitte, wenn Sie es unbedingt wissen wollen: wir haben einen Ausflug gemacht in den Schwarzwald. Ist das verboten?" fragte Sophie zurück. Sie fuhr mit der einen Hand in ihre dunkle Mähne und strich ein paar Locken hinters Ohr.

„Nein, natürlich nicht. Wo genau waren Sie?"

„Hier und dort. Wir sind herumgefahren, haben angehalten und Kaffee getrunken, ein bisschen Shopping gemacht, etwas besichtigt."

„Bankfilialen zum Beispiel?"

Sie verengte ihre Augen. „Bankfilialen? Wie kommen Sie darauf?"

„Weil Sie, Frau Alvarez", Nick startete eines der Videos und drehte den Laptop zu Sophie, „offensichtlich in den letzten Wochen mehrmals in deutschen Banken zu tun hatten und dabei gefilmt wurden, Sie und Marco Fontana. Das hier ist ein gutes Beispiel, man sieht Ihr Gesicht deutlich, und es gibt noch mehrere ähnliche Aufzeichnungen. Wir haben eine Liste Ihrer Bankbesuche, und wir wissen auch, welche Geschäfte Sie dort abwickelten."

Sophies Reaktion war minimal, aber sie war da. Sie schluckte, und es bildete sich eine senkrechte Falte über der Nasenwurzel. Es dauert nur eine Sekunde, dann fragte sie mit spöttischer Stimme: „Wenn Sie schon alles wissen, Herr Baumgarten, warum fragen Sie mich noch danach?"

„Weil ich die ganze Geschichte von Ihnen hören möchte. Ich will wissen, wie Sie an das Geld gekommen sind, warum Sie es umgetauscht haben, und wo es jetzt ist."

Sophie seufzte und schaute ihn an wie einen dummen Schuljungen. „Die Antwort auf diese Fragen müssten Sie sich mit Ihrer langjährigen Erfahrung nun wirklich selber zusammenreimen können. Ich jedenfalls sage nichts mehr, bis ich mit meinem Anwalt gesprochen habe."

Sie verschränkte die Arme vor der Brust und schlug die langen Beine übereinander, die in ausgewaschenen Skinny Jeans steckten.

Nick nahm seinen Laptop und stand auf. „Gut, dann werden wir mal sehen, was Herr Fontana zu sagen hat."

„Tun Sie das, Herr Kommissar, und bringen Sie mir bei Gelegenheit einen Kaffee, schwarz und ohne Zucker, wenn ich bitten darf."

* * *

„Marco Fontana, wo führte Sie Ihr Ausflug in den letzten zwei Tagen hin?"

„Schwarzwald." Er hielt den Kopf gesenkt und schaute Pino nicht an.

„Geht es etwas genauer?"

„Das geht Sie nichts an. Aber wenn Sie es unbedingt wissen wollen, hier." Er klaubte ein Stück Papier aus seiner Hosentasche. „Hotelquittung aus Todtmoos."

Pino schaute kurz darauf und legte die Quittung zur Seite. „Wahrscheinlich gefälscht."

„Wenn Sie es sagen", sagte Marco teilnahmslos.

„Ich nehme an, Sie haben in Deutschland auch die eine oder andere Bank aufgesucht, so wie mehrmals in den letzten Wochen."

Er erntete nur ein Schulterzucken.

„Gut, dann schauen Sie sich dieses Video an. Es stammt aus der Filiale der Bundesbank in Stuttgart. Sie sind gut sichtbar, und wir wissen, dass Sie dort alte D-Mark in Euro umgetauscht haben. Wir wissen auch wie viel. Und wir haben mehrere solche Filme, aus verschiedenen Orten, von verschiedenen Daten, und überall sind Sie oder Sophie zu sehen. Das Geld gehörte Professor Böckel."

Wieder ein Schulterzucken. „Dann wissen Sie ja schon alles. Wir haben nichts Illegales getan."

„Doch, haben Sie. Sie haben zum Beispiel mehrmals falsche Namen genannt und vermutlich die Ausweise von Mitstudenten missbraucht, und was viel schlimmer ist, Sie haben die D-Mark aus Böckels Haus geklaut. Er kam Ihnen auf die Schliche, und Sie brachten ihn deshalb um."

Endlich eine Reaktion. Marco Fontana setzte sich auf und sah Pino direkt in die Augen. „Das ist nicht wahr", sagte er mit gepresster Stimme, „Sie können uns da nicht mit hineinziehen."

„Doch, kann ich", sagte Pino ruhig. „Es sei denn, Sie erzählen mir die Wahrheit. Woher hatten Sie das Geld, warum haben Sie es umgetauscht, und wo sind die vielen Tausender jetzt, das sind meine Fragen. Und wenn ich keine stichhaltigen Antworten bekomme, dann haben Sie ganz schnell eine Mordanklage am Hals."

Fontana zögerte lange, bevor er sprach. „Wenn ich Ihnen sage, wie es wirklich war, lassen Sie dann Sophie laufen? Sie hat nichts damit zu tun."

Pino schüttelte den Kopf. „Sie hat sehr wohl etwas damit zu tun, wir haben ähnliche Aufnahmen auch von ihr. Sie erzählt vermutlich gerade meiner Kollegin, wie es wirklich war. Und wehe, Ihre Aussagen stimmen nicht überein."

„Sie hat nur mitgespielt, das ist alles, sie ist unschuldig."

„Ach ja? Vor ein paar Tagen haben Sie mir erzählt, sie sei eine Manipulatorin."

„Das war Professor Böckels Aussage, nicht meine. Sophie ist ein wunderbarer Mensch, und sie ist unschuldig." Er verschränkte die Arme.

Pino spürte den unerwarteten Widerstand und realisierte, dass er so nicht weiterkam. „Gut, mal angenommen, es stimmt und sie war nur eine Mitläuferin. Was geschah wirklich?"

Fontana schüttelte den Kopf. „Erst wenn sie frei ist, vorher sage ich nichts mehr."

* * *

„Ihr habt es gehört, er will aussagen, aber nur wenn Sophie freikommt. Was machen wir?" Pino ging unruhig auf und ab. „Ist der Anwalt schon da?"

„Es kann sich nur noch um Minuten handeln", antwortete Cécile, „er ist schon im Gebäude. Er wird sicher zuerst mit Frau Alvarez reden wollen, dann mit uns. Nick, was ist dein Eindruck?"

„Sie ist so cool und frech, dass ich fast nicht glauben kann, sie sei nur eine Mitläuferin. Ich habe eher den Eindruck, dass Fontana die Nummer zwei ist in diesem Team." Nick schüttelte den Kopf. „Anderseits könnte man auch sagen, sie sei extravertiert und er eher das Gegenteil, was aber nicht unbedingt mit der Rolle in diesem gemeinsamen Projekt übereinstimmen muss. Er kann durchaus auch der Planer und Stratege gewesen sein." Er begann ebenfalls, hin und her zu gehen. „Ich weiss es einfach nicht. Angela und Cécile, was meint ihr?"

„Wir wissen, dass sie ein Biest ist." Angela schaute zu Pino. „Oder zumindest das Biest sehr gut spielt. Ich glaube, dass Marco Fontana zutiefst in Sophie Alvarez verliebt ist. Vielleicht will er sie nur schützen, vielleicht plante er aber die ganze Sache wirklich allein, und sie wollte plötzlich mitmachen, aus Abenteuerlust oder was auch immer. Oder er wollte sie damit beeindrucken."

Cécile nickte zustimmend und sagte: „Dass er in sie verliebt ist glaube ich auch. Und alles andere wird er uns leider erst sagen, wenn sie frei ist. Er ist stur und äusserst gehemmt, schon fast autistisch, ich kenne den Typ. Er wird nichts mehr sagen." Sie schaute in den Korridor. „Der Anwalt ist hier. Ich nehme ihn in Empfang und bringe ihn in ein Konferenzzimmer. Kommst du in ein paar Minuten nach, Nick? Bis dann habt ihr geklärt, ob Sophie bleiben muss oder gehen kann."

* * *

Drei Stunden später, um achtzehn Uhr am Samstagabend, unterschrieb Marco Fontana das Protokoll seiner Vernehmung. Nachdem Sophie Alvarez in Begleitung ihres Anwalts das Polizeikommando verlassen durfte, allerdings unter der Auflage, sich zur Verfügung zu halten, erzählte er die folgende Geschichte.

„Vor etwa einem halben Jahr, als ich einmal nachts im Hotel Bahnhof die Buchhaltung nachführte, kam Professor Böckel gegen elf Uhr ins Hotel. Er holte sich ein Bier aus dem Kühlschrank, setzte sich zu mir und fragte, ob ich ihm einen Gefallen tun könne. Sein Vater habe ihm einen grossen Betrag in alten D-Mark hinterlassen, was er bei der Deklaration der Erbschaft dem Steueramt verschwiegen habe. Je länger er warte, desto höher werde die Busse, falls die Steuerfahndung ihm auf die Spur komme. Deshalb sei es gefährlich für ihn, die alten Mark in Euro umzutauschen, denn die Bundesbank werde in jedem Fall nach seiner Identität fragen. Nun habe er sich erkundigt, und man habe ihm gesagt, Schweizer Bürger könnten altes Geld völlig legal in Euro umtauschen, solange sie es nicht aus Deutschland in die Schweiz brächten. Man müsse kleinere Beträge wechseln, und dies in verschiedenen Filialen der Bundesbank. Ob ich allenfalls bereit wäre, das für ihn zu tun. Ich war etwas überrascht, dass er ausgerechnet mich fragte, aber er sagte, er habe mich als rationalen, zuverlässigen und verschwiegenen Studenten kennengelernt, und genau so jemanden brauche er für diese Aufgabe. Er bot mir zehn Prozent plus alle Spesen und beteuerte, ich müsse nichts Illegales tun, es habe alles seine Richtigkeit. Er zog ein Stück Papier aus der Tasche, auf dem er handschriftlich notiert hatte, wann ich wo ich hinfahren sollte, wo er die D-Mark für mich deponieren wollte und was mit mit den umgetauschten Euro zu geschehen habe.

Ich bat um einen Tag Bedenkzeit, obwohl ich schon fast sicher war, dass ich zusagen würde. Erstens war das Geld verlockend, und zweitens war ich damit praktisch für meinen Bachelor abgesichert: Professor Böckel würde es nicht wagen, mich durch die Prüfungen fallen zu lassen.

Und so begannen meine Kurzreisen nach Hamburg, Berlin, Leipzig, München, Kassel und weitere Orte. Insgesamt fuhr ich mehr als ein Dutzend Mal mit dem Zug in eine dieser Städte, tauschte jeweils ein paar Hundert Mark um, legte die Euro in sein Postfach in Waldshut und fuhr wieder zurück. Vor zwei Monaten schickte Professor Böckel mich nach Villingen-Schwenningen, ich hatte wenig Zeit, und ich bat Sophie darum, ihren Wagen ausleihen zu dürfen. Sie wollte wissen wozu, und sie liess nicht locker, bis ich ihr die ganze Geschichte erklärt hatte. Sie musste schwören, niemandem davon zu erzählen, aber der Preis dafür war, dass sie ab dann mitfuhr. Für sie war es ein Abenteuer, in das sie sich mit grossem Engagement stürzte. Sie kam auf die Idee, die Ausweise ihrer Mitstudenten auszuleihen, so dass die Spur sich noch mehr verlieren würde. Sie wollte etwas für Professor Böckel tun, ohne dass er davon wusste; sie fantasierte, dass sie ihm eines Tages, wenn sie ein altes Ehepaar wären, davon erzählen würde.

Als ich erfuhr, dass Professor Böckel ermordet worden war, bekam ich es mit der Angst zu tun. Er hatte mir am Tag vorher fünftausend D-Mark übergeben und gesagt, er werde mir am Montag mitteilen, wo ich hinfahren solle. Er erwähnte auch, dass er in seinem Haus weitere fünfzigtausend Mark aufbewahre, und dass die Umtauschaktion weitergehen würde. Ich besprach die

Situation mit Sophie Alvarez und wir beschlossen, die fünftausend wie üblich umzutauschen, möglichst nahe an der Schweizer Grenze. Dann wollten wir zu den Böckels fahren und den Rest des Geldes suchen. Als wir heute Vormittag dort waren, spürte ich, dass Frau Böckel uns beobachtete, als ob sie etwas wisse. Wir fuhren sofort wieder weg. Auf der Brücke in Zurzach wurden wir von der Polizei angehalten und verhaftet.

Ich betone, dass weder Sophie Alvarez noch ich ein Verbrechen begangen haben. Der Umtausch der insgesamt etwa achtundzwanzigtausend D-Mark war legal, die Euro habe ich an Professor Böckel abgeliefert. Ich wurde von ihm angemessen bezahlt. Ich habe weder Geld gestohlen, noch habe ich etwas mit dem Tod von Professor Böckel zu tun. Dasselbe gilt für Sophie Alvarez."

42

„Du glaubst ihm", stellte Cécile fest. Sie sass am Steuer ihres Wagens und chauffierte Nick nach Küttigen zu Truningers, mit grösserer Verspätung natürlich. Marina war vorausgefahren.

„Ja. Sonst hätte ich ihn nicht gehen lassen", sagte Nick mit müder Stimme. „Er könnte niemals eine so vollkommene Lügengeschichte erfinden und sie uns kaltblütig auftischen. Aber unsere Morde sind damit noch nicht aufgeklärt."

„Stimmt. Aber von diesem Moment an", sie schnippte mit den Fingern, „denken wir für ein paar Stunden nicht an Horst Böckel und Diego Hidalgo. Wir essen und trinken und amüsieren uns heute Abend. Einverstanden?"

Nick setzte sich gerade hin und lächelte. „Einverstanden, Frau Oberstaatsanwältin."

Statt der Seilbahn nahmen sie die Treppe in den fünften Stock der Terrassensiedlung. Für einmal war Nick im Vorteil: seine Beine waren viel länger als die der kleinen Cécile, und er nahm zwei Stufen aufs Mal. Allerdings waren sie beide ausser Atem, als sie klingelten.

Die zwölfjährige, blonde Selma öffnete die Tür und rief: „Sie sind da!" Sie küsste Nick links und rechts auf die Wange und stellte sich gut erzogen vor. „Ich bin Selma Truninger, und Sie müssen Frau Dumont sein. Bitte kommen Sie herein. Möchten Sie Ihren Mantel ablegen?"

„Sehr gerne, Selma, vielen Dank."

Der gross gewachsene Teenager führte sie ins Wohnzimmer, wo Cécile ein unvermitteltes „Wow, diese Aussicht!" entfuhr.

Nick lachte. „Du hast völlig recht. Ich war schon oft hier, bin aber jedes Mal aufs Neue überwältigt."

Maggie Truninger und Cécile kannten sich nur vom

Sehen, beide waren Kundinnen in Marinas Kosmetikinstitut. Cécile schüttelte Hände und übergab Maggie den Blumenstrauss in altrosa, den sie kurz vor Ladenschluss im Bahnhof ergattert hatte. „Vielen Dank für die Einladung, Frau Truninger. Und guten Abend, Frau Manz, wir sehen uns heute schon zum zweiten Mal. Hallo Andrew, auch dir vielen Dank für die Einladung." Er kriegte einen Kuss auf die Wange.

Andrew brachte die Getränke. „Ein Glas Champagner für die Dame, und einen Pinot Grigio für dich, Nick."

Die Gastgeberin schlug vor, sich rundum zu duzen. „Sonst wird es zu kompliziert, und es ist sowieso höchste Zeit, wir sind ja keine Fremden."

„Gerne", sagte Cécile, „und bitte, Selma, das gilt auch für dich."

Sie stiessen an und setzten sich auf die bequemen Sofas, die vor den grossen Fenstern arrangiert waren. Auf die Frage von Andrew, wie sie mit ihrem Fall vorankämen, antwortete Nick, er und Cécile hätten beschlossen, nicht über Berufliches zu reden. Morgen müssten sie sich wieder damit befassen, und heute Abend bräuchten sie eine Pause. „Wir sind ein paar kleine Schritte weiter, aber noch lange nicht am Ende."

„Sehr verständlich", sagte Maggie, „ich will am Wochenende auch nicht immer an meine Projekte denken. Jetzt ist kreatives Kochen angesagt, ihr entschuldigt mich für die nächsten Minuten."

Selma folgte ihrer Mutter in die Küche, und die beiden Paare unterhielten sich über Andrews Reisen, Marinas Leben ohne Kosmetikinstitut und über Céciles Familiensitz, ein altes Schloss am Genfersee.

„Dann bist du französischsprachig?" fragte Marina. „Man hört keine Spur von Akzent."

Cécile schüttelte den Kopf. „Meine Mutter ist Deutschschweizerin und hat uns Kindern zuerst Deutsch beigebracht. Papa sprach Französisch mit uns, und ich ging in Genf in den Kindergarten. Dann lebten wir je drei Jahre in Singapur und in Buenos Aires, also lernten wir auch noch Englisch und Spanisch. Und da ich Menschen und das, was sie sagen, gern imitiere, spreche ich diese Sprachen praktisch ohne Akzent."

„Und warum bist du nicht Dolmetscherin geworden?" fragte Nick interessiert.

Cécile lachte. „Du müsstest mich eigentlich besser kennen, mein Lieber. Kannst du dir wirklich vorstellen, dass ich ständig nur nachplappere, was irgend jemand auf einem Podium von sich gibt? Zwar in einer anderen Sprache, aber trotzdem? Nein danke, ich brauche eine Aufgabe mit Gestaltungsfreiheit und Einflussmöglichkeiten."

„Und die hast du wirklich bei der kantonalen Justiz?" fragte Andrew. „Als Anwältin wärst du doch wesentlich freier, nehme ich an."

Cécile machte eine abwägende Geste mit der Hand. „Man kann darüber diskutieren, aber mir gefällt der Job als Staatsanwältin. Ich verdiene zwar wesentlich weniger als in einer internationalen Anwaltskanzlei, habe dafür aber auch viel mehr Freizeit." Sie zwinkerte Nick zu. „Meistens gehört das Wochenende mir, wenn auch nicht immer."

Maggie bat zu Tisch, und Selma servierte die Vorspeise: Jakobsmuscheln auf Brioche-Toast mit Avocadocreme.

„Mmh, sehr gut", sagte Marina, „ich bin ein Fan von Meeresgetier."

Maggie schaute Selma an und hob die Augenbrauen. Bescheiden erklärte Selma, sie sei heute für Vorspeise und Dessert verantwortlich, aber das Rezept habe sie nicht erfunden. „Ich blättere manchmal durch die vielen Kochbücher meiner Mutter und finde etwas, was mir gefällt und was sie noch nie gekocht hat. Dann probiere ich es aus, am liebsten für Gäste. Solche die ich kenne, natürlich."

„Dein Papa wäre sehr stolz auf dich, meine Kleine", sagte Andrew. „Er war ein Feinschmecker und hätte deine Kreationen mit Vergnügen probiert." Selma nickte und senkte dann den Kopf. Es war offensichtlich, dass sie ihren Vater immer noch vermisste.

„Apropos Tom", sagte Maggie, „hat Andrew euch schon von der Tom-Truninger-Stiftung erzählt? Er kann euch die Idee verkaufen, während ich den nächsten Gang vorbereite. Es dauert nicht lang."

Andrew stand auf und ging zum Sideboard, wo er zwei Flaschen Ribeira del Duero entkorkte, während er sprach. „Ich habe vor, an der University of Nevada einen Lehrstuhl für Casino-Management zu finanzieren. Dazu habe ich eine Stiftung gegründet, und ich werde sie nach Tom benennen. Die Hochschule hat schon eine Abteilung Hotelmanagement, und eine Spezialisierung auf Casinos bietet sich in Las Vegas geradezu an."

„Sehr edel von dir, Andrew, und vor allem steuerbegünstigt." Das kam von Cécile.

Andrew hob die Augenbrauen. „Du weisst schon, dass gemeinnütziges Engagement in den USA viel häufiger ist als hier, nicht wahr? Die meisten erfolgreichen Unternehmer spenden sehr viel Geld, weil sie der Gesellschaft etwas zurückgeben wollen. Klar zahlt man dafür auch weniger Steuern, aber das ist kein Hauptargument. Jedenfalls", sagte er, „wird es ab nächsten Herbst an der UNV einen Tom-Truniger-Professor für Casino-Management geben. Darauf trinken wir. Maggie?"

„Gleich", tönte es aus der Küche. „Marina, hilfst du mir beim Servieren?"

Andrew füllte die Gläser, goss auch Selma einen kleinen Schluck des tiefroten Weins ein. Als die Teller mit Roastbeef, Risotto und Peperonata auf dem Tisch standen, hoben sie die Gläser. „Auf Tom, unseren verstorbenen Freund, und auf die Stiftung. Guten Appetit."

„Ist er das?", fragte Cécile und wies auf ein gerahmtes Foto auf dem Sideboard. Tom sass mit einem Buch auf einem Liegestuhl und blickte schelmisch in die Kamera. „Er wirkt sehr entspannt."

Selma stand auf, holte ein anderes Bild aus dem Büchergestell und brachte es Cécile. „Das ist mein Lieblingsfoto, von unseren letzten Ferien in Italien." Es zeigte eine glückliche Familie am Strand.

Eine Pause entstand, die Marina schliesslich unterbrach. „Habe ich euch schon erzählt, dass wir neuerdings zu dritt sind? Bei uns ist ein junger Kater eingezogen, der niemandem gehört. Er fühlt sich sichtlich wohl bei uns, nur einen Namen hat er noch nicht." Sie nahm ihr Handy und zeigte Selma die Fotos, die sie in den letzten Tagen gemacht hatte.

„Felix natürlich", rief Selma, „er muss Felix heissen. Er ist schwarz-weiss und sieht genau so aus wie der Felix aus der Werbung."

Nick lachte. „Gut, dann taufen wir ihn auf den Namen Felix, und du darfst seine Patin sein."

„Möchte noch jemand etwas Fleisch oder Risotto?" fragte die Gastgeberin. Alle schüttelten den Kopf, und Nick sagte: „Wenn es Dessert gibt, verzichte ich. Es war wunderbar."

Selma servierte stolz ihre Crema Catalana, und die Gäste unterhielten sich glänzend. Es schien, als hätte Cécile schon immer zu diesem kleinen Kreis gehört; sie trug dazu bei, dass viel gelacht wurde, und der Gesprächsstoff ging ihnen nicht für eine Minute aus.

Kurz vor Mitternacht konnte Nick ein Gähnen nicht mehr unterdrücken. „Ich glaube, es wird Zeit für mich. Wir müssen morgen um acht wieder auf der Matte stehen und weiterarbeiten."

„Ich auch?" fragte Cécile und hob die Augenbrauen.

„Nein, du darfst eine Stunde länger schlafen", scherzte er und stand auf. „Ich rufe dich an, wenn wir dich brauchen."

Sie verabschiedeten sich herzlich von Maggie und Selma und verabredeten einen Besuch der frischgebackenen Patin bei ihrem Kater. Andrew begleitete sie nach unten zum Parkplatz, wo Marina und Nick in ihren Wagen stiegen. Cécile und Andrew blieben stehen, und im Rückspiegel beobachtete Marina, wie sie sich umarmten. Sie würden gut zueinander passen, dachte Marina, der Weltenbummler und die Unerschrockene.

43

„Wenn wir also annehmen", sagte Pino am Sonntagmorgen, „dass Fontana die Wahrheit sagt – wobei ich mir da noch gar nicht sicher bin – dann hat Horst Böckel das Geld ausgegeben, das er mit seinem Bruder Franz hätte teilen müssen. Marco und Sophie tauschten knapp dreissigtausend Mark um, also rund vierzehntausend Euro. Der Professor sprach von weiteren fünfzigtausend, und die hat Frauke Böckel gefunden und in den Tiefkühler gelegt. Insgesamt kommen wir damit nur auf etwa achtzigtausend Mark, nicht einmal die Hälfte dessen, was uns Franz als Betrag nannte. Die Frage stellt sich, wer hier wen täuscht."

„Bruder Franz fragen", stellte Angela lakonisch fest. „Aber heute ist Sonntag."

„Genau, dann ist er jedenfalls zu Hause", sagte Pino. „Soll ich hinfahren? Ich könnte Helga Wenk mitnehmen."

„Moment, nicht so schnell", unterbrach Nick. „Lasst uns so systematisch wie möglich vorgehen. Wenn es stimmt, was Fontana sagt, dann ist das Geld nur ein Nebenschauplatz. Aber es zeigt uns Horst Böckel in einem neuen Licht, nämlich als jemand, der bedenkenlos Geld ausgab, das ihm nur zur Hälfte gehörte. Es ist wichtig, mit den Böckels zu reden, aber es ist nicht unser dringendstes Problem." Er stand auf und ging zu den Fotos auf der Pinnwand. „Wir haben zwei Tote, Horst Böckel und Diego Hidalgo. Wir nehmen an, dass Böckel von Diego Hidalgo und Mister X umgebracht wurde, und dass Mister X der Mörder von Hidalgo ist. Was wir finden müssen ist eine Verbindung zwischen den beiden Opfern."

Nicks Handy läutete. „Baumgarten. – Frau Blaser,

guten Tag. – Interessant. Einen Moment, ich lasse Angela Kaufmann und Pino Beltrametti mithören."

Kathrin Blasers Stimme war ängstlich. „Ich habe soeben vor meiner Wohnungstür eine grosse Kartonschachtel gefunden, mit einer dicken Schnur drumherum, fast wie ein Seil."

„Wann waren Sie das letzte Mal vor der Tür?" fragte Nick.

„Gestern Abend, etwa um acht Uhr."

„Und Sie haben niemanden gehört während der Nacht?"

„Meine Wohnung ist ja nicht die einzige auf diesem Stock, da hört man immer wieder Leute. Jedenfalls ist mir nichts aufgefallen."

„Steht Ihr Name auf dem Paket?" fragte Angela.

„Ja. Jemand hat mit einem dicken Stift 'Viuda Hidalgo' auf die Schachtel geschrieben, das bedeutet Witwe. Ich habe Angst, das Ding zu öffnen, ehrlich gesagt. Wer weiss, was mir um die Ohren fliegt."

Pino kannte sich mit explosiven Stoffen aus und übernahm die Führung. Er sprach sehr konzentriert und langsam. „Gut, Frau Blaser, wir machen es so. Haben Sie ein paar Handschuhe in der Nähe? Egal welches Material, Hauptsache Sie berühren die Schachtel nicht mit Ihren Händen. – O.k., jetzt heben Sie den Karton langsam hoch. Ist er schwer? Etwa ein Kilo. Hören Sie etwas wie ein Ticken? Nein? Wenn Sie die Schachtel neigen, verschiebt sich dann der Inhalt? Ja? Ein schleifendes Geräusch?" Er atmete auf. „Eine Bombe scheint es nicht zu sein, Frau Blaser, keine Angst. Jemand von uns kommt gleich zu Ihnen und dann öffnen wir das Paket gemeinsam. Eine Viertelstunde, in Ordnung? – Gut, bis dann." Er legte auf und gab Nick das Handy zurück. „Meine Hypothese: im Schuhkarton sind die Schuhe von Diego Hidalgo."

„Kann gut sein", sagte Nick. „Nimmst du jemanden von der Kriminaltechnik mit?"

Pino schüttelte den Kopf. „Ist vermutlich nicht nötig, ich bringe Verpackung und Inhalt auf jeden Fall hierher. Du kannst Meierhans ja vorwarnen." Er zog seine Jacke an. „Ich rufe an, sobald ich weiss, was los ist. Ciao."

Nick stand auf und streckte sich. „Immer kommt wieder etwas Neues" seufzte er, „und wir stochern trotzdem im Nebel. Aber zurück zu unserer Diskussion von vorhin. Wo ist die Verbindung?"

„Bisher gibts nur eine, und die ist erst noch schwach. Sophie kannte Böckel, und Sophies Vater kannte Hidalgo." Angela schlug sich sich mit der Faust an die Stirn. „Und ich war so blöd, ihn laufen zu lassen, statt seine Fingerabdrücke zu nehmen und ihn nach seinem Alibi zu fragen."

Nick zuckte mit den Schultern. „Ja, klar, das war eine Fehleinschätzung, aber ändern kannst du es nicht. Wenn Alvarez nicht auftaucht, müssen wir unbedingt nochmals mit Marianne Rötheli und Sophie reden. Entweder wissen sie, wo er ist, oder sie können uns etwas über seine Vergangenheit sagen. Cécile muss sie vorladen, mindestens pro forma. Du und ich werden sie dann mit dem Papier in der Hand überraschend besuchen. Vielleicht gibts bei Röthelis einen Sonntagsbraten en famille."

Angelas Handy zeigte Pino als Anruf. „Was gibts für Neuigkeiten, Kollege Beltrametti? – Genau wie du gesagt hast. – Klar hat die Technik die Schuhe von Böckel noch. Colin wusste sogar, dass die Fabrik im Piemont steht, und Urs kann sie vergleichen. – Nein, der Herr Gerichtsmediziner trägt lieber englische, Blödmann. Bis gleich." Sie wandte sich zu Nick. „Ein Paar italienische Herrenschuhe, Grösse 41, Hidalgo hatte kleine Füsse für einen Mann. Die Schnur um das Paket sieht gemäss Pino sehr nach Kälberstrick aus. Die Verbindung wird immer eindeutiger, Chef."

Während Angela Urs Meierhans anrief, setzte sich Nick mit Cécile in Verbindung. Es war überhaupt kein Problem, von der milde gestimmten und auf Wolke sieben schwebenden Staatsanwältin eine Vorladung für Marianne Rötheli und ihre Tochter Sophie Alvarez zu erhalten.

* * *

Und es stellte sich heraus, dass es auch nicht schwierig war, die beiden Frauen zu befragen. Werner Rötheli, seine Frau und seine Stieftochter sassen beim Kaffee, als Nick und Angela mit der Vorladung auftauchten. Die Familie hatte offensichtlich über Horst Böckel und sein Geld gesprochen, denn Werner Rötheli sagte mit einer wegwerfenden Geste: „Meine Tochter hat Ihnen die Wahrheit gesagt, sie hat nichts Illegales getan. Wenn schon ist Böckel der Sündenbock, denn er hat Marco Fontana für seine privaten Zwecke missbraucht."

Nick blieb freundlich, auch wenn er innerlich kochte. „Wir sind nicht deswegen hier, Herr Rötheli. Wir wissen, dass Sophie und Marco Horst Böckel nicht umgebracht haben. Wir möchten über Fernando Alvarez reden."

„Meinen Vater? Warum?" fragte Sophie erstaunt.

Angela entging nicht, dass sich das Ehepaar Rötheli gegenseitig einen Blick zuwarf und Marianne fast unmerklich den Kopf schüttelte. Dann stand sie auf und holte zwei Tassen, ganz zuvorkommende Gastgeberin. „Bitte setzen Sie sich. Kaffee? Milch und Zucker? Was ist mit Fernando?"

„Wir möchten gerne mit ihm sprechen, aber wir wissen nicht, wo er sich aufhält", sagte Nick. „Haben Sie in den letzten achtundvierzig Stunden von ihm gehört?"

Werner Röthelis Antwort klang sarkastisch. „Nein, haben wir nicht. Wir verkehren nur in Fällen äusserster Notwendigkeit mit diesem ..."

„Werner, bitte", unterbrach Marianne.

Sophie griff ein. „Ach, hört doch auf, ihr zwei. Er ist immerhin mein Vater. Also, Herr Baumgarten, was ist los?" Sie lehnte sich nach vorn. „Warum wollen Sie ihn befragen?"

Wie zuvor vereinbart, übernahm es Angela, die Situation zu erklären. „Wir sprachen letzte Woche mit ihm, und seither ist er unauffindbar. Mittlerweile gibt es einen zweiten Toten, von dem wir annehmen, dass er einer der Mörder von Horst Böckel war. Wir vermuten, dass er umgebracht wurde, weil er zu viel wusste. Die beiden Morde ähneln sich in wichtigen Details, so dass es sich vermutlich um denselben Täter handelt. Es kann sein, dass Fernando Alvarez etwas damit zu tun hat."

„Wie kommen Sie darauf?" fragte Marianne Rötheli. Ihre Stimme versagte beinahe, und sie war plötzlich kreidebleich.

„Weil er und das zweite Opfer sich gut kannten", antwortete Angela. „Sie sind Mitglieder des Vereins der Mexikaner in der Schweiz, und sie kommen aus dem gleichen Dorf in der Nähe von Ciudad Juarez."

Marianne Rötheli schlug die Hand vor den Mund und starrte ihre Tochter an. „Das wollte ich nicht", sagte sie erschüttert, „wirklich nicht, Sophie." Und dann schrie sie ihren Mann an: „Wir hätten schweigen sollen, Werner, ich wusste es! Es ist alles deine Schuld! Wenn du ihn nicht so hassen würdest ..." Sie wandte sich ab und begann zu schluchzen.

„Mama", sagte Sophie mit klarer und eiskalter Stimme, „was genau wolltest du nicht? Und worüber hättest du besser geschwiegen?"

Werner Rötheli streckte die Hand aus und berührte Sophie an der Schulter. „Deine Mutter will nur dein Bestes, glaub mir."

Sophie rückte von ihrem Stiefvater weg. „Lass mich in Ruhe mit deinen Clichés. Ich will wissen, was los ist, Mama!"

„Fernando war hier, Liebes, und wollte wissen wie es dir geht. Er spürte, dass du nicht glücklich warst, und er wollte wissen warum." Marianne weinte immer noch. „Ich erzählte ihm von deiner unerwiderten Liebe; dass der Mann dich zurückstösst, dass er dich nicht will. Du weisst, dass Fernando alles für dich tun würde, nicht wahr?" Sie wandte sich an Nick und Angela. „Er kann sehr besitzergreifend sein, wissen Sie, und er kann es nicht ertragen, wenn seine Tochter unglücklich ist."

Sophie war aufgesprungen. „Und du hast ihm den Namen von Horst Böckel gegeben, nicht wahr?"

„Ich, Sophie", sagte Werner Rötheli, „ich habe ihm den Namen genannt. Sonst hätte er hier alles kurz und klein geschlagen." Sophie stürzte auf ihn los, und er hob die Arme, um sich vor dem Angriff zu schützen.

„Du bist schuld am Tod von Horst! Du, du du!" Mit den Fäusten prügelte sie auf ihn ein, bis Angela eingreifen und die junge Frau zum Sofa führen konnte.

„Beruhigen Sie sich, Sophie", sagte Nick, „wir wissen nicht mit Sicherheit, ob Ihr Vater Professor Böckel wirklich umgebracht hat. Wir haben vorläufig keine Beweise."

Angela schaute sich im Wohnzimmer um. „Hat er etwas angefasst, als er hier war? Wir brauchen seine Fingerabdrücke."

Marianne Rötheli schüttelte den Kopf. „Das war vor ein paar Wochen, es ist zu lange her."

Angela nickte und fragte: „Trägt er manchmal einen Hut?"

„Immer am Abend, wenn er ausgeht", sagte Sophie leise. „Ein Hut sei elegant, sagt er." Sie sass zusammengekauert da und hatte ihre Arme um den Körper geschlungen.

„Dann kann es sein", sagte Nick, „dass er Horst Böckel besuchte." Er überlegte. „Sophie, wären Sie bereit, uns eine Speichelprobe zu geben? Vielleicht können wir Ihren Vater dadurch entlasten."

„Und wenn nicht? Was geschieht dann mit ihm?" fragte sie, kaum hörbar.

„Das wird sich zeigen, wenn wir ihn gefunden haben." Nick gab Angela ein Zeichen, und sie standen auf. „Wir werden weiter nach ihm suchen, und Sie melden sich bitte, wenn Sie von ihm hören."

„Ich habe noch eine letzte Frage zu einem anderen Thema, Herr Rötheli", sagte Angela. „Haben Sie vielleicht eine Ahnung, wer Fido umgebracht hat?"

Werner Rötheli verzog den Mund zu einem zynischen Lächeln. „Ich habe nicht die geringste Ahnung, wer Fido ist, Frau Kaufmann. Ich weiss nur, dass gewisse Professoren ihre Studien nicht mit der nötigen Ernsthaftigkeit betreiben." Sie starrte ihn an, er starrte zurück. „Doch mit diesen Spielereien ist es jetzt wohl glücklicherweise vorbei."

44

„Die Sonntagszeitung habt ihr wohl noch nicht gesehen?" Pino legte das Blatt genüsslich mitten auf den Tisch, an dem alle versammelt waren und auf Nick und Angela warteten. Auf der Frontseite war ein körniges Handy-Foto abgedruckt, das die gestrige Szene an der Zurzacher Brücke zeigte. Die Gesichter waren gepixelt, aber Steff Schwager kannte Pino und Angela, weshalb er auch schreiben konnte, dass die Beamten P.B. und A.K. erfolgreich zwei Studenten der Fachhochschule verhaftet hätten, die zum Campus-Mord befragt worden seien. Anscheinend habe die Polizei aber wieder einmal die Falschen erwischt, da Frau A. und Herr F. nach ein paar Stunden wieder auf freiem Fuss gewesen seien. Man warte immer noch darauf, dass der Mörder endlich gefasst werde, insbesondere weil ein weiteres Tötungsdelikt mit dem Campus-Mord in Verbindung gebracht werde. Es folgten wie immer ein paar Seitenhiebe an die Adresse der Kantonspolizei.

Angewidert warf Gody die Zeitung wieder hin. „Immer dasselbe Lied. Soll er doch schreiben was er will."

„Schon", sagte Cécile, „aber steter Tropfen höhlt den Stein, und die Leser haben vermutlich langsam das Gefühl, wir seien eine Bande von unfähigen Haudegen. Kann man ihm nicht das Maul stopfen?"

„Ich habe es versucht, aber er geniesst den Schutz des Chefredaktors. Was will man da machen?" fragte Gody resigniert.

„Den Verleger anrufen", schlug Cécile vor. „Er kann kein Interesse daran haben, nur Schlechtes über uns zu publizieren. Oder wie wäre es, wenn man den Bock zum Gärtner machen würde? Steff Schwager als Pressesprecher der Polizei?"

„Bist du wahnsinnig?" Das war Pino. „Dann ist unsere ganze Crew innerhalb eines Monats weg, glaub mir."

Cécile nickte. „Ja, weiss ich doch, es war ja auch nur ein Gedanke für den Papierkorb."

„Aber der Gedanke ist im Prinzip nicht schlecht", warf Urs Meierhans ein. „Er müsste einen anderen Job angeboten bekommen. Hat nicht das Bildungsdepartement eine freie Stelle in der Kommunikationsabteilung?"

„Ich glaube allerdings nicht, dass Regierungsrätin Brugger gut auf Steff Schwager zu sprechen ist", erwiderte Gody, „er hat nie mit Kritik an ihr gespart, am wenigsten im ersten Jahr nach ihrer Wahl."

„Ach, ich werde mich trotzdem umhören", sagte Cécile, „vielleicht ergibt sich etwas."

* * *

Eine Viertelstunde später stiessen Nick und Angela zum Team. Sie hatten keine Speichelprobe dabei, die sie Urs für den Vergleich mit den Spuren im Range Rover geben konnten, Sophie hatte sie ihnen verweigert. Sie wiederholten fast wortwörtlich ihr Gespräch mit Familie Rötheli, so dass alle zum gleichen Schluss kamen: Fernando Alvarez war mit grosser Wahrscheinlichkeit Mister X, der unbekannte zweite Mann.

Nick legte dar, wie er sich das Geschehen der letzten Wochen vorstellte. „Alvarez ist ein Vater, der eifersüchtig über das Glück seiner einzigen Tochter wacht. Er betrachtet sie gewissermassen als sein Eigentum, und niemand ist befugt, ihr ein Haar zu krümmen. Er weiss viel mehr über Sophies Leben als sie ahnt, holt sich die Information wenn nötig bei seiner Ex. Marianne Rötheli ist relativ vorsichtig, aber immerhin ist Sophie die gemeinsame Tochter, und die Mutter weiss, dass auch Sophie an ihrem Vater hängt. Schliesslich kommt es dazu, dass Werner Rötheli Alvarez den Namen von Böckel nennt. Die möglichen Konsequenzen kennt er genau, was er aber nie zugeben wird. Alvarez fährt zu Böckel nach Hause – der spanisch sprechende Mann mit Hut, den Frauke gesehen hat –, diskutiert mit ihm, versucht ihn für seine Tochter zu gewinnen. Böckel macht klar, dass er kein Interesse hat an Sophie. Vielleicht wiederholt sich das Gespräch mehrmals, wir wissen es nicht. Alvarez beschliesst, einen letzten Versuch zu machen, sorgt aber schon vor für den Fall, dass Böckel stur bleibt. Niemand, auch nicht ein Professor, weist ungestraft seine geliebte Sophie zurück. Er engagiert Diego Hidalgo, der am Samstagabend offiziell als Freund und Fahrer auftritt, und gaukelt Böckel vor, die Geschichte mit Sophie vergessen und zu dritt einen angenehmen Abend verbringen zu wollen. Vermutlich kommt das Gespräch doch nochmals auf die Tochter, aber Horst Böckel bestätigt, dass er nichts von ihr wissen will. Als Folge hängen Alvarez und Hidalgo ihn am Landi-Turm auf. Sie hinterlassen keine Spuren und glauben zunächst, dass sie ungeschoren davon kommen. Für Alvarez wird es jedoch gefährlich, als er von uns zu Sophie befragt wird. Er beschliesst, seinen Mitwisser auszuschalten und sich abzusetzen. Vermutlich ist er jetzt bereits in Mexiko."

Ein Gefühl der Leere und der Ratlosigkeit machte sich breit im Teambüro. Die Geschichte war so schlüssig, konsistent und folgerichtig, dass niemand wirklich daran zweifelte; aber es war nur eine Geschichte.

Urs Meierhans stand als Erster auf. „Ich schlage vor, dass wir uns die Wohnung von Alvarez ansehen. Dort finden wir Fingerabdrücke und DNA für den Abgleich. Ich schicke auch jemanden in die Schokoladenfabrik, denn wer weiss, vielleicht arbeitet Herr Alvarez wieder ganz normal", sagte er, nur halb im Scherz.

„Dann soll dein Mitarbeiter ihm schöne Grüsse ausrichten und ihn bitten, nochmals mit Angela zu reden.

Er kommt sicher freiwillig, sie war so lieb zu ihm." Pino konnte die Stichelei nicht lassen und hätte weitergemacht, wenn nicht sein Handy geläutet hätte. „Hallo Helga, was gibts? – Wann? – Nein, aber wir mussten damit rechnen. – Ja, dazu gibt es neue Erkenntnisse. Am besten reden wir morgen mit Familie Böckel darüber. Ich rufe dich an, bevor wir losfahren.Danke, ciao."

Langsam legte er sein Telefon vor sich auf den Tisch und schaute in die Runde. „Fernando Alvarez ist am Freitagabend mit der Lufthansa von Frankfurt nach Mexico City geflogen. Mit seiner Frau. Ohne Rückflugticket."

Leise sagte Cécile: „Mexiko liefert seine Staatsbürger nicht aus. Auch nicht solche mit einem Schweizer Pass. Hier kann nicht einmal Andrew helfen."

45

„Dann war der Mann mit Hut also vermutlich der Mörder von Horst?" fragte Frauke Böckel. „Es klang aber nicht, als ob sie Streit hätten, auch wenn ich nichts verstand."

„Nein, sie stritten sich vermutlich nicht, aber wir wissen es nicht genau", erklärte Pino. „Wie so vieles in diesem Fall. Aber kommen wir zurück zu den D-Mark. Helga?"

„Sie sagten am Telefon, sie wollten keine Anzeige machen, Frau Böckel. Ist das wirklich Ihr Ernst? Immerhin hatten die beiden Studenten die Absicht, Ihr Geld zu stehlen." Helga Wenk war sichtlich enttäuscht.

„Die Absicht vielleicht, aber ich hatte das Geld ja bei mir." Frauke Böckel schüttelte den Kopf und schenkte Kaffee nach. „Nein, Sophie und der junge Mann haben Horst beim Umtausch geholfen, und er hat das Geld auf das Konto meiner Kinder einbezahlt. Lassen wir es gut sein."

Pino war noch nicht zufrieden. „Was ist mit dem Rest? Immerhin sprach Ihr Mann von zweihunderttausend Mark, und bisher kommen wir nur auf achtzigtausend."

Frauke hob die Hände in einer entschuldigenden Geste. „Franz ist ein unverbesserlicher Optimist, Herr Beltramelli. Er hat wohl damals, als Horst und er das Versteck fanden, einen Teil gezählt und den Rest hochgerechnet. Etwas sehr hoch, fürchte ich."

Helga und Pino blieben skeptisch, aber sie hatten nichts in der Hand. Sie liessen sich noch ein Stück Streuselkuchen geben, tranken ihren Kaffee und verabschiedeten sich von Frauke Böckel.

Draussen blieben sie vor Pinos Lancia stehen.

„Bis bald einmal, Helga. Und wie gesagt, es ist schade, dass du verheiratet bist."

„Bis bald, Pino. Du gefällst mir auch, aber ich bin verheiratet. Tschüss!"

* * *

„Hallo Nick, hier spricht Peter Pfister. Schade dass ich nur deinen Beantworter erreiche. Ich hatte die Absicht, heute bei euch vorbeizukommen, bevor ich nach Barcelona zurückfliege, aber die Zeit reicht nicht. Ich wollte dir nur sagen, dass ich der Sekretärin des Verlegers der AZ, die eine Nichte meiner Frau ist, erzählt habe, wie Schwager Angela beinahe vergewaltigt hat voriges Jahr. Ich nehme an, das wird Konsequenzen haben, gute Konsequenzen für die Kantonspolizei. Grüsse an das ganze Team, und ich melde mich, wenn ich wieder mal in Aarau bin. Hasta luego."

* * *

Angela erhielt zwei Tage später eine Mail von Sophie Alvarez. Sie schrieb, sie habe von ihrem Vater eine Postkarte erhalten, abgeschickt vom Flughafen Frankfurt. Sie müsse wohl akzeptieren, dass der Verdacht der Polizei nicht von der Hand zu weisen sei, auch wenn sie sich ihren Vater als Mörder nicht vorstellen könne. Ein Scan der Karte lag bei:

Geliebte Sofia

Verzeih mir, wenn ich in der nächsten Zeit nicht bei dir sein kann. Ich fliege in meine Heimat, dorthin, wo ich dazugehöre und wo meine Seele zuhause ist. Werde glücklich, meine Tochter, und vergiss mich nicht, denn ich liebe dich mehr als alles andere auf der Welt. Irgendwann gibt es vielleicht ein Wiedersehen.

Dein Papa"

* * *

„Es wäre so oder so ein Indizienprozess geworden", sagte Gody Kyburz vor den versammelten Presseleuten. „Die Spuren im Tatfahrzeug können wir Fernando Alvarez zuordnen, aber wir haben weder die Pistole, mit der Diego Hidalgo erschossen wurde, noch Zeugen, die Alvarez identifizieren könnten. Nur ein Geständnis hätte ihn überführen können. Es bleibt dabei, meine Damen und Herren, dass der Fall zwar mit grosser Wahrscheinlichkeit geklärt ist, dass wir aber den Täter nicht überführen können. Ich danke Ihnen."

„Ihre Mitarbeiterin hat ihn laufen lassen, habe ich gehört." Steff Schwager sass einmal mehr in der ersten Reihe. „Das scheint mir ein starkes Stück zu sein, und ich verlange eine Erklärung."

„Zu verlangen haben Sie gar nichts, Herr Schwager. Wir machen unsere Arbeit so gut wir können. Herr Alvarez war nicht verdächtig, wir brauchten nur Informationen von ihm."

„Was für Informationen? Über seine Tochter vielleicht, die in Professor Böckel verliebt war?"

Gody warf einen Blick zu Nick, der den Kopf schüttelte. „Dazu geben wir keine weiteren Auskünfte. Das Verfahren ist abgeschlossen." Er machte eine bedeutungsschwere Pause. „Das gilt insbesondere auch für Sie, Herr Schwager. Weitere Nachforschungen im Umfeld der Beteiligten werden als Verletzung der Privatsphäre angesehen und von der Staatsanwaltschaft verfolgt. Die Pressekonferenz ist beendet."

Die Journalisten packten ihre Laptops, Tablets und Kameras zusammen und verliessen den Konferenzraum. Steff Schwager ging auf Nick zu. „Hast du einen Moment?"

„Eigentlich nicht", sagte Nick, aber der gequälte Gesichtsausdruck des Reporters liess ihn zögern. „Was ist los?"

„Ich werde euch nicht mehr lange belästigen. Man hat mir ernsthaft auf die Finger geklopft bei der Zeitung. Jemand aus deiner Crew muss Lügengeschichten über mich erzählt haben, ich weiss nicht wer. Ich werde ins Ressort Lokalnachrichten versetzt und muss in Zukunft über den Jahresausflug des Kleintierzüchterverbands berichten. Es bleibt mir nichts anderes übrig als mich nach einem neuen Job umzusehen." Er lächelte unsicher. „Die Polizei sucht einen Pressesprecher. Kannst du ein gutes Wort für mich einlegen?"

„Wohl kaum, Steff, nach allem was passiert ist. Du bist nicht mehr glaubwürdig für uns." Er streckte Schwager die Hand hin. „Trotzdem, ich wünsche dir alles Gute."

* * *

Kevin Pedroni klopfte an die Glastüre und öffnete sie. „Störe ich?" fragte er Pino und Angela, die gerade dabei waren, Fotos und Unterlagen von den Pinnwänden zu nehmen und sie in Aktenordner zu legen.

„Ah, Pedroni, komm rein. Willst du einen Kaffee?" Pino begrüsste den jungen Kollegen mit Handschlag. „Wir sind beim Aufräumen, der Fall ist abgeschlossen."

„Ja, das habe ich gehört, und ich dachte, ich könnte vielleicht helfen. Wissen Sie etwas über die Schuhe, Frau Kaufmann?"

Angela schaute ihn erstaunt an. „Nein, das ist und bleibt ein Rätsel."

Kevin nahm den Kaffee entgegen und druckste herum. „Also, eigentlich, es gibt da einen Hinweis... aber vielleicht ist es nichts, ich weiss nicht recht."

„Heraus mit der Sprache, Pedroni, du bist doch sonst nicht so verlegen. Wenn du eines Tages bei uns arbeiten willst, musst du klar kommunizieren. Was ist?"

„Gut, dann sage ich es halt. Aber ihr dürft mich nicht auslachen, klar?"

Pino und Angela schauten sich an. „Niemals, auf gar keinen Fall", sagten sie unisono.

„Also, ich bin ein italienischer Secondo, das wisst ihr. Die Familie meiner Mutter kommt aus Sizilien, und der Grossvater erzählte mir früher immer Horrorgeschichten über die Mafia. Als wir die Schuhe in Windisch fanden, erinnerte ich mich schwach an eine dieser Legenden, und ich habe nachgefragt. Der Grossvater sagt, wenn die Mafia ein Paar Schuhe gut sichtbar hinstellt, heisst das, dass der Eigentümer nicht mehr weglaufen kann. Weil er tot ist."

„Wow", sagte Angela begeistert, „eine unserer letzten Fragen ist damit beantwortet! Gut gemacht, Kollege."

„Was hat er gut gemacht?", fragte Nick, der soeben hereinkam. „Guten Tag, Herr Pedroni."

Angela nahm das Foto der Schuhe von Horst Böckel von der Pinnwand. „Er hat das Mysterium der Schuhe aufgeklärt. Hier, Kevin, nehmen Sie das Bild und hängen Sie es an Ihrem Arbeitsplatz auf. Als Andenken für Ihren Einsatz bei uns."

„Jedenfalls müssen Sie dabei sein, wenn wir den Abschluss des Falls feiern", sagte Nick mit einem freundlichen Lächeln. „Sie haben uns sehr entlastet und gute Arbeit geleistet. Das werde ich auch Ihrem Chef sagen, und wer weiss, was die Zukunft bringt."

* * *

„Die Zerstörung von Fido, meine Herren", sagte Angela zu den vier Masterstudenten, „können wir leider nicht eindeutig zuordnen. Es gibt keine Fingerabdrücke oder ähnliche aussagekräftige Spuren, weder an den Einzelteilen des Roboters noch an der Urne. Wir können höchstens vermuten, dass jemand Professor Böckel schaden wollte oder mit dem Projekt nicht einverstanden war. Vielleicht war es der Person zu spielerisch, zu wenig ernsthaft."

„Rötheli", sagte Özdemir. „Kinderkram, sagte er, bei ihm wäre eine solche Arbeit nie als Masterprojekt akzeptiert worden. Er war es, da bin ich überzeugt."

„Wie gesagt, wir können nichts beweisen." Angela lächelte.

„Und Sophie?" fragte John Fischer. „Wie geht es ihr?"

„Sie muss damit klarkommen, dass ihr Vater den Mann umgebracht hat, den sie liebte. Das ist kein einfacher Prozess. Seien Sie nett zu ihr, Sie braucht jetzt gute Freunde."

46

Ein paar Tage später, nachdem alle Rapporte geschrieben und alle Unterlagen säuberlich geordnet waren, sass das ganze Team am grossen Tisch in der Küche von Nick und Marina. Wie immer nach einer intensiven Arbeitsphase genossen sie es, nicht über die Arbeit sprechen zu müssen. Die Gastgeber sorgten dafür, das Teller und Gläser nicht leer wurden, Angela tanzte mit Colin Rock'n Roll, Pino diskutierte mit Urs und Marina über italienische Autos, Gody dozierte über den besten Wein aus dem Aargau, und Kevin hörte fasziniert zu.

Cécile stand auf der Terrasse und rauchte. „Ich weiss nicht, ob es richtig ist", sagte sie zu Nick. „Aber ich bin siebenunddreissig, und eine solche Chance kommt kein zweites Mal im Leben. Abgesehen davon habe ich ein doppeltes Netz: mein Chef hält mir drei Monate lang die Stelle frei, und wenn es mir in Kalifornien gefällt, kann ich von dort aus kündigen. Egal was passiert, beruflich habe ich nichts zu verlieren."

„Beruflich nicht", sagte Nick nachdenklich, „aber du kennst die Geschichte von Marina und Andrew. Er kann Menschen sehr unglücklich machen."

„Und sehr glücklich. Ich stürze mich mit offenen Augen in dieses Abenteuer, Nick, was immer daraus wird. Du kannst nichts anderes tun als mir Glück wünschen."

Er umarmte die Staatsanwältin, die ihm nur bis zur Brust reichte. „Alles Gute, Cécile, und pass auf dich auf."

* * *

Gegen Mitternacht verabschiedeten sich Angela und Colin als Letzte. Sie wollten für ein paar Tage nach Schottland fahren, um, wie Colin sagte, Angela den alten Steinhaufen zu zeigen, das Schloss seines Vaters im Spey Valley.

„Und um mich vorzuführen, natürlich", sagte Angela mit glücklichem Gesicht. „Es geht richtig traditionell zu bei den MacAdams, und ich hoffe, meine Manieren sind gut genug."

* * *

Marina und Nick schlossen die Haustür hinter ihren Gästen und gingen zurück in die Küche. Sie räumten auf, öffneten die Fenster, schenkten sich ein letztes Glas Wein ein und setzten sich mit einer Kerze auf die Terrasse. Marina legte ihre Füsse auf die Mauer.

„Es scheint etwas Ernstes zu sein zwischen Angela und Colin", sagte sie. „Ich freue mich für die beiden."

„Zwischen Andrew und Cécile auch", sagte er, „dort sind die Chancen weniger gut. Und ich verliere erst noch eine Arbeitskollegin."

Sie nahm seine Hand. „Vielleicht kommt sie ja zurück. So wie ich."

Vom Rand des Gartens ertönte ein leises Miauen. „Komm, Felix. Die Gäste sind gegangen, wir sind allein." Mit hochgestelltem Schwanz kam der kleine Kater aus den Büschen gerannt und sprang auf die Mauer. Von dort schaute er aufmerksam ins Wohnzimmer, stellte fest, dass wirklich keiner mehr da war, und machte es sich auf Nicks Knien bequem.

„ Er liebt dich, genau wie ich." Sie hielt immer noch seine Hand. „Und er kommt immer wieder zurück, genau wie ich."

Dank

Ich danke Markus Bucher von der Aargauischen Kantonalbank für seine wertvollen Hinweise im Zusammenhang mit D-Mark, Erbschaftssteuern und grenzüberschreitendem Geldverkehr.

Karin Vock ist direkt und indirekt für viel Inspiration verantwortlich: auf ihrer Kosmetikliege, unter ihren professionellen Händen, sprudeln die Ideen.

Und wie immer gebührt Andreas der grösste Dank für seine unermüdliche Unterstützung, Ermutigung und Kritik.

Aargauer Krimis von Ursula Reist bei munda

Peeling und Poker

Nick Baumgarten, stellvertretender Kripo-Chef der Kantonspolizei Aargau, ist gefordert: der Direktor des Grand Casinos Aarau ist tot, und alle Spuren führen ins Leere. Weder die Ehefrau des Toten noch sein bester Freund haben eine Ahnung, wo man den Mörder suchen müsste. Erst als im unteren Aaretal eine tote Frau im Wehr hängen bleibt, beginnen sich Verbindungen zu zeigen.

ISBN 978-3-9523161-4-6, 2008, 189 Seiten

Deine Steuern sollst du zahlen

Gion Matossi, Kadermitarbeiter im Steueramt, wird erschossen im Lift des Verwaltungsgebäudes aufgefunden. War es Mord oder Selbstmord? Muss Nick Baumgarten das Motiv im privaten Umfeld suchen, bei den alten Freunden aus der Kantonsschulzeit, oder steht Steuerhinterziehung im Mittelpunkt? Welche Rolle spielt Grossrat Adrian Toggenburger, der die Polizeiarbeit behindert, so gut er nur kann? Auch das Privatleben von Nick ist in Aufruhr, denn seine Freundin Marina Manz denkt über Auswanderung in die Karibik nach.

ISBN 978-3-9523161-6-0, 2010, 208 Seiten

Schreib und stirb

Nick Baumgartens Privatleben verläuft wieder in geordneten Bahnen, aber der gewaltsame Tod eines Aargauer Schriftstellers stellt ihn vor eine schwierige Aufgabe. Einerseits ist da der schroffe, schweigsame Tierarzt, mit dem der Tote scheinbar glücklich zusammen lebte, aber dessen Alibi auf äusserst wackligen Füssen steht. Anderseits muss sich Baumgarten mit dem Aargauer Kuratorium, oder besser gesagt mit dessen ehemaligem Präsidenten, Cuno von Ottenfels, auseinander setzen, der ihm die Geldflüsse zwischen Staat und Kultur zu erklären versucht und ihm rät, mehr sogenannt gute Literatur zu lesen. Der Journalist Steff Schwager weiss wie immer viel zu viel und funkt mit einem Artikel in der Aargauer Zeitung dazwischen. Und dann müsste Nick auch noch möglichst rasch sein dringendstes Personalproblem lösen: Peter Pfister geht Ende Monat in Pension, und ein Ersatz ist nicht in Sicht.

ISBN 978-3-905993-00-4, 2011, 196 Seiten